桜の木の下で、
君と最後の恋をする

朝比奈希夜

JN167555

STARTS
スターツ出版株式会社

私、あなたの心臓をもらいにきたの。
俺の胸を指さす彼女は、悲しげに微笑んだ。

目次

桜の木の下で、君と最後の恋をする

心臓をもらいに

空からハラハラと白いものが降ってきた。

一月六日。ただでさえ憂鬱《ゆううつ》な三学期の始まりに、この冬一番の寒さという欲しくもないプレゼントまでついてきて、気分は最悪。

俺、蓮見涼《はすみりょう》は始業式という、なぜ必要なのか高二になった今でもわからない行事をこっそり抜けて屋上にやってきた。

生徒は一二〇〇人もいるんだから、自分ひとりくらいいなくたってわかりゃしない。

だけど、空にはあいにく暗灰色《あんかいしょく》の乱層雲《らんそううん》が広がり、見上げると顔にポツポツと冷たい雪が落ちてくる。といってもその粒は小さく、体温に負けてすぐに液体に戻ってしまうんだけど。

「やっぱ冬は無理か。退散《たいさん》だな」

ちょっとした有名大学の付属校であり、中高一貫教育のここ『敬明大学附属高校《けいめいだいがくふぞくこうこう》』は、学費も高いせいか設備は超一流。学校というよりオフィスビルのような建物は、著名《ちょめい》な建築家が手がけたという。

屋上にはほとんど人が来ることもなく、ひとりの時間を満喫《まんきつ》するには最適な場所だ。

春や秋には心地よい風が吹き絶好の隠れ場所となるここも、夏は直射日光が容赦《ようしゃ》なく照りつける灼熱地獄《しゃくねつじごく》と化し、冬は冬で冷たいからっ風がむき出しの頬《ほお》に突き刺さる。わかっちゃいるけど様子を見にきてしまうのは、ここが学校の中で一番心地よく過ごせる場所だからかもしれない。

空に近い、ここが。

周囲は、百八十一センチある俺の身長より少し高めのフェンスで囲まれているが、よじ登ろうと思えば登れなくもない。

近づいて触れると、キンキンに冷えた金属の温度に驚き、一瞬手を引いた。しかし、もう一度手を伸ばす。そして今度は、その冷たさを味わうようにしばらく握っていた。

「ここから、落ちれば……」

今すぐこのフェンスを越えて空に向かって飛べば、きっと楽になれる。

そんな考えに支配されて足が動く。

そう思うのは、昨晩、父さんに『お前なんて生きている価値もない』と叱られたからだ。いや、昨晩だけじゃない。もうずっと前から——。

〝行け。行ってしまえ〟

誰かが俺の頭の中で叫んでいる。

その声に促されるように、フェンスをよじ登ろうとしたそのとき、すさまじい突風《とっぷう》が吹いてきて思わず足を踏ん張った。

「わっ、なんだこれ……」

台風かと思うような強い風に吹き飛ばされて尻《しり》もちをついた瞬間。

「うわぁぁーっ！」

目の前に竜巻《たつまき》のような渦《うず》が現れて、そのままあとずさりする。そしてそれがふと消えると、胸くらいまであるさらさらの長い髪が印象的な女子生徒が立っていた。

「な、なんなんだ」

今まで気配すらなかったのに、さっきの風に運ばれてきた？　いやいや、そんなわけがない。

だけど、誰もいなかったはずの場所に突然姿を現したのだから、そうとでも考えなければ説明がつかない。

腰が抜けてしまったのか立ち上がれない俺とは対照的に彼女は落ち着いた様子で、うっすら笑みさえ浮かべている。

彼女の目はまるで西洋の人形のようにクリクリしていて、肌は雪のように白く透き通っている。

竜巻が消えたあとは、ずっと吹いていた冷たい北風すらやんだ。そして、彼女の艶《つや》のある黒髪についた純白の雪もあっという間にその色を失くし、空から落ちてくることもなくなっている。

雪は落ちてこなくなったけど、女子が落ちてきた？

そんなバカなことを考えてパチパチと二度まばたきしてみたものの、やっぱり目の前の子は消えない。

さっきから手の震えが止まらず、呼吸が浅くなって苦しい。

屋上は遮《さえぎ》るものがなく、人が隠れられるような場所はない。ここに来たときは誰もいなかったはずなんだけど……見落としていた？

瞬時にいろんなことを考えすぎて頭の中がヒートアップしてしまったのか、そこから先はなにも思いつかなかった。

少し首を傾《かし》げたせいで長い髪が彼女の頬にかかる。だけどそれを気にしている様子はない。

「こんにちは」

薄い桜色《さくらいろ》の唇を動かして高い声で挨拶をしてくる女子は、紺のジャケットにえんじ色のリボンが印象的な我が校の制服を着ていた。

グレーを基調としたチェックのスカートのすそとハイソックスの間からチラチラ見える彼女の足が、ほんのり赤くなっている。

この時期は寒そうに見えるので、もっと長いスカートをはけばいいのに、なんて思っているけど、この絶妙な丈がおしゃれなんだとか。

「こ、こん……」

彼女がいったいどこから現れたのかと不思議に……いや、恐怖を覚えている俺は、歯をカタカタと鳴らし、まともに話すことすらできない。

もしも人ならざるものなら、口をきいたら呪《のろ》われるんじゃないかとか、自分でも狂《きょう》気《き》じみていると思うようなことを考えてしまう。

夢、だよな。空から女子が降ってくるなんて、あるわけない。

自分にそう言いきかせて心を鎮《しず》めようとしてもうまくいかない。

逃げ出したいのに、足も震えて立ち上がることすらできなかった。

すると、そんな俺を笑っているのか口元を手で押さえて目を弓《ゆみ》なりに細めた彼女は、口を開く。

「蓮見涼くんだよね」

「な、んで知って……」

全校で一二〇〇人もいれば知らない生徒だらけ。もちろん俺は、彼女を知らない。だって、今降ってきたと思っているくらいなんだから。

「なんでって、蓮見くんでしょ？」

ちっとも答えになってないだろ。

口角《こうかく》を少しだけ上げて微笑む彼女は、頬にかかった髪を左耳にかけた。

「そう、だけど。そ、そっちは？」

「私は梶川瞳子《かじかわとうこ》。同じクラスなのに」

彼女はクスクス笑っている。

同じクラス？

なに言ってるんだ？　梶川なんてヤツ知らないぞ。

女子とはほとんど接触《せっしょく》しない俺でも、さすがにクラスメイトの名前と顔は全員わかる。

あんぐりと口を開けてまばたきを繰り返していると、彼女は徐々に距離を縮めてくる。そして、とうとう俺の目の前までやってきた。

「私ね、蓮見くんの心臓《しんぞう》をもらいにきたの」

「は？」

笑みを浮かべながらとんでもないことを口にする彼女を前に、思考が停止して、間《ま》抜《ぬ》けな声が漏れてしまう。

「し、ん、ぞ、う」

彼女は俺が聞き漏らしたと思ったのか、俺の胸のあたりを指さし、ちょっと色素の薄い唇を動かしてゆっくりと繰り返した。

心臓はわかった。だけど、『もらいにきた』ってなんなんだ？　他人《ひと》にあげられるものじゃないだろ？

「だって、蓮見くん、死にたいんでしょ？　心臓いらないじゃない」

彼女がそう口にした瞬間、ぞわっと鳥肌《とりはだ》が立ち、体がカチカチに硬直《こうちょく》する。

どうして知ってるんだ。どうして俺が死にたいって……。

さっき、フェンスによじ登ろうとしていたのに気づいた？　ううん、まだ登ってなかったぞ。

しかも、あっけらかんと笑みまでつけて『心臓いらないじゃない』と言い放つ彼女は、なんなんだ。

「お前、なに言って――」

「もらってあげる」

背筋《せすじ》の凍るような発言に怖気《おじけ》づいた俺は、必死の思いで立ち上がり、無言のまま一目散《いちもくさん》に出口のドアまで走り階段を駆け下りた。

二年J組まで走りに走り、それからゆっくり振り向いてみたが、謎《なぞ》の女子が追いかけてくる気配はない。

「――夢？」

いやいや、あんな寒いところで眠ったらそれこそ凍え死んでいる。

まだ誰も戻ってきていない教室に足を踏み入れると、黒板の横に『勤勉　努力　誠実』と書かれた張り紙が視界に入る。

いつもと変わらない光景にホッと胸を撫《な》で下ろした。

俺のいるJ組は特進クラス。I組もそうだが、Iは文系、Jは理系と分かれている。我がクラスは難関大学の理系を目指す生徒ばかりで、医学部志望者が多い。そういう俺もそのうちのひとりだ。

『私は梶川瞳子。同じクラスなのに』

ふとさっきの女子の声がリフレインしてきて、心臓がバクッと跳ねる。

彼女がこのクラスの一員だって？

俺は教壇《きょうだん》の上に置きっぱなしになっている出席簿を見つけて、それを開いた。

「マジ、か」

上から順になぞっていた指が震えているのが、自分でもわかる。

出席番号六番。たしかに梶川瞳子の名前はあった。

中高一貫教育であるうちの学校は、途中での転入を認めていない。だから、転校生がやってくるということはない。

だけどもう三学期なのに、彼女の存在に気づいていなかったなんてあり得ない。

愕然《がくぜん》として頭を抱える。

いつもは気にならない時計の秒針がカチカチと規則正しく響く教室は、静かすぎて不気味だ。こんなことなら始業式に行ったほうがましだった。

勝手に震える体を止めるために腹に力を入れながら、体育館へ向けて廊下を走りだした。

しかし、すぐに向かいから生徒の集団が歩いてくるのが見えて、座り込みたいほどホッとする。式が終わったんだ。

「おぉ、涼。お前、もしかしてさぼってた?」

俺を見つけて話しかけてきたのは、クラスメイトの間瀬裕司《ませゆうじ》。同じく医学部を志望している。

「な、そんなことより……」

俺は裕司の腕を引っ張り、教室のある南校舎から特別棟のある北校舎へと続く渡り廊下に連れていった。

「ちょっと待て。涼に告白されるのか、俺」

「寝言は寝て言え」

くだらないことを言う裕司ににらみをきかせ、大きく息を吸い込む。

「それじゃ、なんだよ」

「お前、梶川瞳子って知ってる？」

勇気を振り絞って尋ねたというのに、裕司は「はぁっ？」と首を傾げて、なにを言っているんだとあきれ顔。

やっぱり知らないよな。今までのは全部、夢だよな。

「うちの学校で彼女を知らない男なんていないだろ。なるほどね。彼女に恋しちゃったわけか。でもやめとけ。お前じゃ無理。去年卒業した北村《きたむら》先輩ですら撃沈《げきちん》だったって噂だし」

「は？」

『梶川って、誰だよそれ』と言われるのを待っていたのに、予想外の答えで目が飛び出そうになる。

北村先輩って……、文武両道《ぶんぶりょうどう》かつ容姿も完璧で雑誌のモデルもしたことがあるという伝説の男子生徒のことだ。なんでも帰国子女で、三か国語を操るんだとか。難関国立大学にすんなりと現役合格していった超がつく秀才だった。

梶川はあの先輩を振ったのか……。

違う！　そんなことが聞きたいわけじゃない。

「俺、梶川にさっき屋上で会って……」

「待て。まさか告白されたほう？」

だから、最後まで話を聞け！

「俺、梶川のこと知らな――」

「お前たち、なにしてる。教室に入れ」

そのとき、別のクラスの担任に見つかってしまい、仕方なく教室に戻ることにした。

うちの担任はまだ来ておらず、数か所に生徒たちの輪ができている。そして何人かは自分の席に座り、参考書を広げたり読書をしたりしていた。

「あ……」

窓際の席の前から四列目。俺の席のうしろに梶川が座っていて、読書をしている。

本当に、いる……。しかも席が前後だって!?

この席は二学期の途中でシャッフルされたもので、それからは変わっていない。

「いいよな、涼は。梶川の息がかかっちゃう距離だもんな」

裕司がニタニタしながら俺を肘《ひじ》で突っつく。

梶川のことを知らないのは、本当に俺だけなのか？

彼女に近づくことができずに立ち尽くしていると、担任の鬼頭《きとう》先生が入ってきた。

五十代の女性の数学科の先生で、俺たちは『鬼《おに》ちゃん』と呼んでいる。親しみは、決してこもってはいないが。

「提出物集めるから席に着いて」

とても高いとは言いがたい声で鬼ちゃんが指示すると、みんな一斉に席に戻っていく。だけど、俺の足は動かない。

そりゃあそうだろ？　『心臓をもらいにきた』なんて意味不明なことを言われ、しかもどうやら俺の記憶にだけ存在しない梶川に背中を見せるなんて、あり得ない。

「蓮見くん、なにしてるの？　早くしなさい」

とうとう席に座っていないのは俺ひとりになり、鬼ちゃんに注意されてしまった。

「は、はい」

それでも体が動くことを拒否する。

視線だけで梶川をチラッと見つめると、彼女は笑いを噛《か》み殺しているように見える。

彼女は何者なんだ。

これが夢じゃないなら、俺は気でも狂ったのかもしれない。

「蓮見くん！」

「はいっ」

ついに鬼ちゃんの声が大きくなり、席に行かざるを得なくなった。

腹が痛いとか嘘をついて、保健室にでも逃げる？

そんなことも考えたが、この先ずっと保健室登校というわけにもいかない。

俺はゴクリと唾《つば》を飲み込んでから、ゆっくり近づき、そしてできる限り梶川を見ないようにして席に着いた。

でも、そんな努力はあっという間に無駄《むだ》になった。

「それじゃあ、提出物を先に集めます。まずは英語の課題をうしろから前に回して」

この回収方法はいつものことだけど……。ということは梶川から受け取らないといけなくなる。

妙《みょう》な汗をかき、心臓がドクドクと速まりだしたのに気づきながら、かたくなに前を向いていると「蓮見くん」という彼女の声が聞こえた。

「回してくれる?」

「あっ、うん」

情けないことに恐ろしくて振り向けない。

彼女は『心臓をもらいにきた』と言ったが、どうやって持っていくんだろう。まさか、俺の体に手をめり込ませてちぎり取っていくんじゃないだろうな。

——それなら、うしろの席からでもできるじゃないか。

「はっ!」

すごい勢いで振り返ると、彼女は少し首を傾げて課題を差し出してくる。

あんな出会い方をしなければ、好きになってしまいそうな整った顔立ちなのに。

いや待て。これは罠《わな》だ! 俺を引きつけるためにこんな姿をしているだけで、本当の中身はおぞましい妖怪《ようかい》かもしれない。

「蓮見、くん？」

幾分《いくぶん》か目尻を下げて俺の名を呼ぶ彼女は、「はい」とニッコリ笑って俺に課題を無理やり手渡した。

「お、おぉ」

背後から心臓を狙《ねら》う気はないのだろうか。こんなに大勢の前では無理か。

うろたえながら次々と課題を受け取るうちに、少しずつ落ち着いてきた。

提出物をすべて集め終えると、鬼ちゃんの話が始まる。

来年度のクラス分けのための重要なテストがもうすぐあることを二度も繰り返されて、少しうんざりだった。

今年度特進クラスにいたからといって、来年もこのまま残れる保証はどこにもない。実際下位の数人が入れ替わるのが恒例《こうれい》となっている。

俺はおそらく入れ替わり圏内《けんない》には入っていない。

だけど、本当は医者になりたいわけじゃないんだから、いっそわざと手を抜き、このクラスから脱落できたら――。なんて考えてしまう。

そうしたら、父さんもあきらめるかもしれない。

そんな悪魔《あくま》のささやきが、脳の中で広がった。

蓮見家の常識

——それは昨晩のこと。

「涼、なんだこれは！」

塾から返された模試の結果を手にした父さんが、眉《まゆ》をつり上げて俺をなじる。俺はリビングで直立不動《ちょくりつふどう》になり、時が過ぎるのを待つしかなかった。

「すみません」

「英語はすべての基本だ。こんなんじゃ医学文献《ぶんけん》も読めないじゃないか！　いい加減に本気を出せ」

俺はひと言も反論せず、ただ黙って聞いていた。

なにを言っても無駄だからだ。

今回は、英語の偏差値が一下がった。だけど、こんなことはよくあることだし、塾の先生もさほど問題にはしていない。

それでも父さんは、つねに成績が上がっていかないと気が済まない。

父さんだってバカじゃない。偏差値〝一〟の違いがとくに意味を持たないことを知っている。それでもこうして怒り狂うのは、俺が父さんの理想とする息子像とはかけ離れているからだろう。

「すみま、せん」

「それしか言えないのか！　お前なんて生きている価値もない」

それじゃあ死ぬのうか。もう、うんざりだ。

俺だって、手を抜いているわけじゃない。毎日遅くまで塾に行き、帰ってきてからもその日の復習を怠《おこた》らない。できることは全部している。

ここから伸ばすにはどうしたらいいか、教えてほしいのはこっちだ。

「すみません」

オウムのように同じ言葉を繰り返した。言い訳でもしようものなら、土下座《どげざ》でもしなければ収まらなくなる。


蓮見家は代々医者の家系。一流私立大学の医学部を卒業している父さんは、外科《げか》、内科《ないか》、小児科《しょうにか》、産婦人科《さんふじんか》、眼科《がんか》、耳鼻科《じびか》の診療を行う『蓮見総合病院《はすみそうごうびょういん》』の院長だ。

母さんはもと蓮見病院の看護師。今は専業主婦で、院長夫人ともてはやされて悠々《ゆうゆう》自適《じてき》な生活を送っている。

母は父の言うことには決して逆らわない人で、俺が叱られていても顔色ひとつ変えることなくじっと見ているだけだ。

兄の俊《しゅん》は父さんの出た大学の医学部に通う三年生。全国的にも有名なトップクラスの高校に進学し、大学受験も当然のように一発合格した。

そして俺は兄さんと同様、将来、蓮見病院で医師として働くことを期待されて今に至る。

どうやら兄さんは外科医を目指しているらしく、俺は父さんから『内科はどうか』と提案を受けているものの、医学部に合格したわけでもないのに気が早い。『考えておく』なんて適当な返事をしたけれど、俺はそもそも医者になりたいわけじゃない。

医学部への進学も『考えておく』ことができたらどんなにいいか。

一才で英会話教室に放り込まれて幼児教室にも通い小学受験を志《こころざ》すも、そもそも遊ぶことに夢中だった俺は、見事に失敗。

難関私立小学校に合格した真面目な兄さんとは裏腹《うらはら》に手を焼く子供だったらしく、受験に失敗した翌日から家庭教師がついた。

そのおかげか、敬明大学附属中学の合格をもぎ取り、高校では特進クラスに在籍しているわけだけど、ときどき呼吸の仕方を忘れてしまう。

不自由、なのだ。人生すべてが。

『あなたは放っておけないから』という母さんのひと言で、今は毎日塾通い。そして月に一度は必ずある到達《とうたつ》テストの結果をすみずみまでチェックされ、少しでも順位が下がっていると父さんにチクリが入る。

そのたびに鬼の形相《ぎょうそう》の父さんから叱責《しっせき》を受けなければならず、その時間は意識を他に飛ばすという得意技まで身につけた。

『俊は優秀なのに、どうしてお前は』が枕《まくら》ことばのように繰り返されるが、比べる対象が兄さんでなければ俺だってそこそこ優秀だと思うぞ？

今の成績では父さんの母校はちょっと無理かもしれないけれど、その下くらいの医大なら問題なく行けるだろう。だけど父さんも母さんも、それでは気に入らないらしい。

なんでも、〝蓮見ブランド〟の格が落ちるんだとか。そんなブランド、そもそもないじゃないか。

だけど、俺は絶対に反論したりしない。反論すれば怒りがさらに増し、罵声《ばせい》がひどくなることを、小学生のうちに学んだからだ。

塾のテストの成績が悪かった日は夜遅くまで勉強を強《し》いられて、寝不足でフラフラになりながら小学校に行く。

授業の範囲なんてとっくに学んでいる俺は、家で眠る代わりに教室で居眠《いねむ》りをする生活だった。

それを三者面談で毎回指摘されて、母さんが怒り、そのたびにまた父さんの前で直立不動。

「俊は頑張っているのに、お前は蓮見家に泥《どろ》を塗るつもりか！　まったく、どうしてこんな出来の悪い息子が生まれたんだ」

何度も繰り返される、人格まで否定されるような怒りの言葉のせいで、どんどん自信を失っていく。

俺だって、蓮見家の息子として生まれたかったわけじゃない。勝手なこと、言うな！

そう何度も喉《のど》まで出かかったが、口にすることはなかった。

しかし、小学四年生のときだけはその叱責がなかった。

四年で俺の担任だったのは、二十六歳の南条《なんじょう》という若い男の先生。

居眠りを繰り返す俺の事情を知り、ときおり保健室のベッドまで貸してくれるという、俺の苦しみに気づいた初めてで唯一の理解者だった。

「蓮見は偉いなぁ」

「どこがですか？　僕、兄さんみたいに賢くないのに」

毎日のように聞かされていた言葉をそのまま南条先生にぶつけると、先生は俺の頭を撫でた。

「親御さんの期待に応えようとしているじゃないか。もちろんお兄さんもすごいけど、結果に差ができたとしても、努力したこと自体の価値は平等なんだよ」

俺は最初、その意味がよくわからなかった。

でも、夏休み前のある日。思うように解けなかった塾のテストが返ってくる緊張感と睡眠不足で倒れた俺を南条先生が家まで送り届けてくれたときに、その言葉の真意《しんい》を知ることとなった。

「お母さん。きちんと蓮見くんのことを見てあげてくれませんか？」

「言われなくても見てますよ。毎日、涼がどんな勉強をしたのかも把握《はあく》しておりますし、成績にもつねに気を配っています」

体調がよくならず、二階の部屋のベッドに寝そべりながら、一階で交わされる母さんと先生の会話に耳をそばだてる。

「お母さんは蓮見くんを見ているのではなく、蓮見くんの成績を見ているんです」

南条先生の発言に、どうしてだか視界がにじんでくる。

「大切なのは結果より、どれだけ努力を積んでいるかだと思います。たしかに、受験は結果が求められます。医学部を目指されているのならなおさらでしょう。ですが、努力しても叱られる生活が彼にとってどれだけ苦痛なのか、お考えいただけませんか？」

今までこんなことを意見してくれた先生がいただろうか。

南条先生の言う通り、必死に勉強しても褒《ほ》められたことすらない毎日は、しんどくて苦しくて……いっそいなくなってしまえたらと思うほどなのだ。

「先生。あの子はまだ子供です。遊びを我慢して勉強するのがつらいことは重々承《じゅうじゅうしょう》知《ち》しておりますが、いつか私たちに感謝する日が来ます。好きなことだけで過ごし、医学部に行けなくなってからでは遅いんです」

それは父さんの口癖《くちぐせ》だった。『今はわからないだろうが、いつか必ず苦しんだことに感謝するときが来る』と。

だけど俺は、そんなときが一生来ないことを知っている。

医者になるという目標があればそうかもしれないけれど、俺が医者になるのは〝両親〟の目標だからだ。

「蓮見くんはとっても優しいお子さんです。ご両親の期待に応えたいと思うがあまり、こうして倒れるまで自分を追い込んで頑張っています。お願いです。蓮見くん自身をもっと見てあげてください。彼の努力を認めてあげてください」

そこまで聞いたところで胸に込み上げてきたものを我慢できなくなり、涙が次々とあふれてきて、シーツに染み込んでいった。

南条先生が帰って三十分。うとうとしかけた頃に母さんが階段を上がってきた。

「涼、入るわよ」

そんな声がしてドアが開いたが、俺はとっさに目を閉じて寝たふりをした。話したくなかったからだ。

「寝てるの？　今日の塾はお休みかしら。仕方ないわね、一日遅れると大変なのに。今年の担任はハズレみたいだから、家でいっそう引き締めないとダメね」

ぶつくさつぶやく母さんは、盛大《せいだい》なため息をついている。俺にとっては救世主《きゅうせいしゅ》である南条先生のことを『ハズレ』なんて言う母さんに怒りが湧いてくる。

しかも、先生がよかれと思って助言してくれたことが、かえって家での厳しさに拍《はく》車《しゃ》をかけることになってしまったようだ。

だけど、俺は南条先生を恨《うら》んだりはしない。俺の心の叫びを聞いてくれた先生を。

翌日からも父さんに絞られる日々が続いたけれど、南条先生がそばにいてくれたから、学校では笑って過ごせた。

休み時間にみんなでする鬼ごっこがこんなに楽しかったのは、あとにも先にもこの時だけ。俺の家庭環境を知った先生は、両親と話すときは遊びの時間について決して触れず、勉強の頑張りだけを褒め続けてくれたからだ。

学校で遊んでいたら叱られるんじゃないかとビクビク過ごしていた俺にとって、最高のひとときだった。

そして、とうとう四年生が終了してしまった。

ちっとも顔色がよくならない俺のことを心配した南条先生は、「役に立てなくてごめん」なんて悲壮感《ひそうかん》漂う様子で謝ってきたけど、先生が俺の気持ちを理解して、母さんに指摘してくれただけで十分だ。

「僕、いつか南条先生みたいな先生になりたいな」

ボソッとつぶやいた言葉に、先生は一瞬顔をしかめた。それはきっと、俺が医者を目指すこと以外許されないことを、知っていたからだと思う。

それでも、「待ってるぞ」と笑顔で俺の頭を撫でてくれた先生には、感謝しかない。

しかしその五日後、南条先生の離任《りにん》を知った瞬間、再び息の吸い方がわからなくなった。

選んでいいんだよ

始業式とホームルームが終わり、その日は下校になった。

あれ以来ひと言も話していない梶川から一刻《いっこく》でも早く離れたかった俺が、さっとカバンを持って振り返ることなく教室を飛び出すと、追いかけてきた裕司につかまった。

「涼。正月の合宿どうだった？」

『合宿』と言っても部活ではない。塾の勉強合宿のことだ。

「どうって、別に」

「つれないなぁ。お前んとこの塾の合宿って、すごいヤツらがそろうらしいじゃん」

彼は別の予備校に通っているけれど、俺は超難関国立大学の医学部への合格率ナンバーワンを謳《うた》い文句にしている進学塾に通わされている。

「すごいんじゃない？　よくわかんないよ」

各地区の教室を集めて行われるそれはホテルに缶詰《かんづ》めで、トイレと食事、そして睡眠時間以外は勉強漬け。

俺は中三から参加し始めてもう三度目なので、目を開けたまま脳を休ませるという技まで習得《しゅうとく》している。

「余裕だな。俺、もう少し頑張らないと、来年特進から落とされるかも」

裕司は俺より成績が多少下ではあるものの、心配するほどではない気がするんだけど。

「大丈夫だろ？」

「うん……。どうしても医学部行きたいし、頑張るかな」

純粋に『医学部行きたい』と言える裕司を前にすると、申し訳ない気持ちになる。俺は医学部ではなく、本当は教育学部に行きたいのに。南条先生のような教師になりたいんだ。

だけど、それを誰かにカミングアウトしたことは一度もない。俺は〝蓮見総合病院の院長の息子〟というとてつもなく重い荷物を背負っていて、決して逃れられないからだ。

しかも、その重圧《じゅうあつ》の向こうに〝蓮見家のプライド〟というさらに高い壁まであることを知ったとき、目の前が真っ暗になったのは言うまでもない。

ぼんやり考えていると、裕司が突然ニタニタしだした。

「それで、さっきの続き。梶川がどうしたって？」

「あ、あぁ……」

なにをどう聞いたらいいいんだろう。

どうやら彼女がずっとJ組にいたというのは紛《まぎ》れもない事実のようだし、かといって自分の記憶が抜け落ちているなんてことは絶対ないと思うし……。

「恋のひとつやふたつしたって、いいんだぞ。だけど、彼女は高嶺《たかね》の花だって言っただけ」

「恋じゃないって」

「またまたー」

恋なんてとんでもない。むしろ心臓を狙われているくらいなのに。

「なぁ。心臓ってどうやってもらうんだ?」

「なんだ突然。心臓移植《しんぞういしょく》の話? そんなこと、親父さんに聞けば術式《じゅつしき》まで教えてくれるだろ」

心臓移植、か。だけど、梶川の言っている『心臓をもらいにきた』というのはおそらくそれじゃない。

移植手術は、希望する患者が日本臓器移植《にほんぞうきいしょく》ネットワークに登録して、脳死《のうし》と判断されたドナー(提供者)が現れた場合に可能になる。この人の心臓が欲しいなんて指名はもちろんできない。

「脳死、か」

脳死は、すべての脳の機能が回復不可能となり、自力で呼吸できないときに診断されるものだ。

誰かが意図的にできるものじゃない。

あぁ、くだらないことを真剣に考えてしまった。

俺が背中から手を突っ込まれて心臓を引きちぎられそうだと感じたのは、梶川が心臓を『もらってあげる』と言い放ったときの自信ありげな笑みを鮮明《せんめい》に覚えているから。

あのとき〝もらうのなんて簡単だよ〟と言われた気がしたんだ。

「なに？　将来、そっちの道に進むつもり？」

「いや……」

「で、梶川の話をごまかすなよ」

裕司に再び突っ込まれて少し困る。でも、いい機会だ。

「梶川ってどんな子だっけ？」

「今さらなんだよ。まずはあの美貌《びぼう》だろ？　そんでもって、いつも笑顔で好印象。美人すぎると他の女子からやっかまれそうなもんだけど、優しくて嫌味もないから女子にも友達が多い。あんないい子、他にいないだろ？」

すごい高評価なんだな。

ただ俺には怖い存在でしかないけれど。

「そう」

「聞いといて、なんだそれ！」

裕司は俺の素気《そっけ》ない反応に口をとがらせているが、それどころじゃなかった。

彼がこうして熱く語るということは、やっぱり以前から同じクラスにいたということになる。

なんで俺だけ記憶が抜けてるんだ？　一定期間ではなく、彼女についての記憶だけがないなんてこと、あり得るのか？

考えれば考えるほどわからない。

そのうち駅に到着して、別方向に帰る裕司との会話がやむ。

結局、俺が梶川に恋をしているという間違った情報を与えただけで終わってしまった。

「それじゃ」

互いに小さく手を上げ別れの挨拶を交わしたあと電車に乗り込んだ。

――今日のあれはなんだったんだろう。

窓の外を流れる景色に視線を送りながら、屋上での出来事を丁寧《ていねい》に脳内で再生してみたけれど、気がつくと目の前に梶川がいた場面しか浮かんでこない。

彼女は絶対にあの風に乗って空から降ってきたんだ。

あの瞬間まで屋上には誰もいなかったし、彼女が姿を現したのは、出口のドアとは反対の方向だった。ドアから入ってきたとは考えられない。

自分の中で結論づけたものの、人間が降ってくるなんてとても納得できない。

もやもやしたまま電車に揺られること三十分。駅の改札を出たあと、塾までの道のりをわざと遠回りして川の堤防《ていぼう》のほうへと足を向ける。

中学に入学し電車通学になってから、ここで塾までの時間をつぶすのが俺のルーチンワーク。ちょっとした息抜きの時間だ。

枝ばかりになってしまった大きな桜の木の下に座り込み、キラキラと太陽の光を反射させている川の水面《みなも》を眺める。

川といってもさほど大きくはなく、幅は十メートルにも満たないけれど。

「はー」

今日は、例の合宿の最後に行われた到達テストの結果が返される。ということは、父さんの前で直立不動の日なのだ。

多少成績が上がっていたとしても、兄さんと比べたらどうとかと、結局叱られるのだから。

「あぁっ、さむっ」

吹きっさらしのここは長時間いるには適さない。どこかで昼食を食べようと立ち上がった瞬間、目が飛び出そうになった。

「ほんと寒いね」

顔の前で手をこすり合わせ、俺に笑いかける梶川がいたからだ。

「お前っ、いつの間に……」

「えっ、今だけど？」

足音すら気づかなかった。

また空から降ってきた？

「蓮見くんと話がしたかったのに、さっさと帰っちゃうんだもん」

「お、俺は話なんてない」

そう言いつつ、一歩あとずさりする。

断じてない。心臓の取引なんて、臓器売買《ぞうきばいばい》みたいなアヤシイ話をするつもりはまったくない。

「そうなの？　いろいろ聞きたいって顔に書いてあるよ」

彼女は俺をからかうように、クスクス笑う。

その通りだ。本当は『心臓をもらいにきた』という発言の真意が知りたくてたまらない。

そして、梶川の存在を俺だけがどうして覚えていないのかも。彼女なら知っている気がする。

「ねえ、ここはちょっと寒すぎるね。ファミレス行かない？　塾がある？」

提案と質問を口にする彼女に、うなずいたり首を振ったり。

俺はしばし考えてから口を開いた。

「塾は六時から」

本当はどこかで適当に昼食を食べて自習室に直行するつもりだったけれど、そう答えてしまった。

謎の多い梶川のことが怖くてたまらないのに、好奇心《こうきしん》がそれを上回ったのかもしれない。

「それじゃあたっぷり時間があるね。ね、化学得意？　わからないところがあるんだけど教えてよ」

梶川はごく普通のテンションで俺に話しかけてくる。

「まあ、得意といえば得意だけど……」

空から降ってきたアヤシすぎる女子と化学の話をしてるなんて信じられないが、これは現実みたいだ。

「やった！　行こう行こう。私、もう指の感覚がなくなっちゃって」

なんだろう、この会話。まるで裕司と話すときと同じだ。心臓を狙うものと狙われるものがする会話じゃない。

俺はなにかの理由で一時的に梶川の記憶を失くし、心臓がどうとかって言われてからかわれているんだ。

そうだ、そうじゃないとつじつまが合わない。

そう自分に言い聞かせながら、歩きだした彼女の背中を追いかけた。


「お昼ご飯食べるよね。なににする？　日替わりランチがいいかなぁ」

あの桜の木から歩いて十分のファミレスで、梶川はマイペースにメニューをめくる。

「よし、決めた。ミックスフライにする」

『日替わりじゃないのかよ』と突っ込みそうになり、口をつぐんだ。

裕司になら確実にそう言ったはずだ。でも、彼女とどう接していいのかまだ戸惑《とまど》っていた。

「俺は日替わりでいいや」

今日はチキンの照り焼きだ。

すぐにテーブルの上のボタンを押しウエイトレスを呼んだ彼女は、テキパキと俺の注文まで済ませた。

どうやら、しっかりものらしい。

「あのね、この問題なんだけど……」

彼女はさっそくテーブルに問題集を広げて、俺のほうに向ける。

「分子式、$C_4H_8O_2$を持つエステルを希硫酸《きりゅうさん》で加水分解《かすいぶんかい》したら、カルボン酸と――」

「待った」

梶川が問題を読み上げ始めたのでそれを遮った。

その前に話すことがあるだろ？

気になって問題なんて解けやしない。

「そっか。気になってる？」

「まあ……」

まあ、どころか梶川の全部が気になっている。

「答えられる範囲で質問をお受けします」

彼女はシャープペンを器用にクルッと回して微笑んだ。

「それじゃ……。梶川さんは、えぇっと……。そうだな、うん」

と言っても、なにを聞いたらいいんだろう。

裕司と話したときと同じ疑問が湧き上がり、すぐに言葉が出てこない。

「あはは。蓮見くんって面白い。呼び捨てでいいよ。なんなら瞳子でも。男の子から呼び捨てされるのってなんか憧れちゃう」

『面白い』なんて言われたのは、おそらく人生初だと思う。

しかも、こちらはガチガチに緊張しているのに、彼女ひとりで盛り上がっていて拍子抜けだ。

でもさすがに『瞳子』とは呼べないだろ。

「それじゃあ、梶川」

俺のことも呼び捨てでいいよ、とは言えなかった。正体がよくわからない彼女と、これ以上距離を縮めるのが怖い。

いや、そんなことよりも。

うーん。まずは空から降ってきたかどうかだ。

「さっき、どこから来たんだ？」

どう切りだしたらいいのか考えあぐねた結果、バカみたいにストレートな質問になった。

「ふふっ、どこかなぁ」

はぐらかしてる？　『答えられる範囲』じゃないってこと？

ますます彼女のことがわからなくなる。

「屋上で会うまで、俺の記憶には梶川はいないんだけど？」

自分の考えを整理したくておそるおそる尋ねると、彼女は小さな笑みをこぼした。

「私はあるよ。みんなもあったでしょ？」

「だから、どうして俺にはないかって聞いてるんだ」

ムキになって尋ねたものの、彼女は困ったそぶりもない。

「そんなの、蓮見くんの事情じゃない。私は知らない」

あぁ、まったくその通りで言い返す言葉もない。

俺の脳になんらかの異常が発生して梶川のことを覚えていないんだとしたら、彼女にその理由を聞いてもわかるわけがない。

だけど、彼女に関する記憶だけないなんてことがあり得る？

とはいえ、今はその仮説《かせつ》を受け入れて話を進めるしかない。

「そう、だね。次は、心臓ってどういうこと？　その……俺が死にたいって、どうして――」

「顔に書いてあるよ。いらないんだったらもらおうかなと思っただけ」

俺の発言を遮った彼女は、いたずらっ子のような笑みを浮かべ、俺の顔を指さしてくる。

「書いてない！」

少しナーバスになっている俺は、読まれたくない心の中を覗《のぞ》かれたせいか、声を荒《あら》らげて彼女の指をはたいてしまった。

女子の手を叩くなんて、なにやってるんだ。

そう自分を戒《いまし》めたものの、彼女の白くて長い指に触れたからか、全身がカーッと熱くなるのを感じる。

「ごめん」

でも、我に返ってすぐに謝ると、彼女は「私こそ」と頭を下げている。

それから、気まずい空気が流れて沈黙が続いた。

もともと女子と話すのが苦手な俺が、今日初めて会ったと認識している彼女と話を弾《はず》ませられるはずがない。

「ね、どうして、死にたいの？」

ストローの袋を何度も折ったり結んだりしていた梶川が、とうとつに、そして控えめに聞いてきた。

どうやら『死にたい』は確定扱いらしい。どうして知られたのかはわからないけど、それならそれで俺も対応しよう。

「息苦しいから。ゆっくりじわじわ首を絞められて、死ぬ直前でそのまま手を止められたら梶川はどうする？　いっそ殺してくれって思わない？」

半分やけっぱち、だけど本音だった。

裕司に言ったら『脳みそ腐ってきた』とでも返ってきそうだ。

「うん……」

彼女は視線を宙に舞わせてなにかを考えている。

「お待たせしました。日替わりランチの方」

そのとき料理が運ばれてきて、彼女は「はい」と返事をした。

ちょっと待て。日替わりは俺が頼んだはずだ。

「梶川、ミックスフライだろ？」

「あぁ、ごめん！　そうだった。チキンも捨てがたかったから、間違えちゃった」

深刻な話をしていたというのに、ペロッと舌を出して肩をすくめる彼女を見ていたら、一気に緊張が緩む。

「それなら、半分交換する？」

「いいの？」

交換なんてイヤがるかもしれないと思いながらの提案だったが、梶川は身を乗り出して食いついてくる。よほど食べたかったらしい。

「うん、いいよ。はい」

俺は新しいフォークとナイフを使って、彼女の皿にチキンをのせた。すると彼女も、

「メンチカツ好き？」と尋ねながら俺の皿にのせてくる。まだなにも言っていないのに。

彼女はどうやら少しせっかちな性格のようだ。

「こうしてシェアする？」

梶川は俺にものを尋ねるとき、ほんの少し首を傾げる。それにいちいちドキドキするから控えてほしいものの、そんなことはとても言いだせない。

「なんのこと？」

「蓮見くんの息苦しさ」

まださっきの話は続いてたんだ。

「シェアって……」

「胸にため込んでるから苦しいんじゃない？　よかったら話を聞くよ」

どうしてこんなことになってるんだろう。聞きたいのは俺のほうなのに。

「いや、いいよ」

「そう。でもいつでも聞くからね。あーお腹空いたぁ。食べよ」

梶川は俺が置いたチキンを真っ先に口に運び、おいしそうに咀嚼《そしゃく》した。

ふたりとも黙々《もくもく》と食べ進み、先に俺が食べ終わると、「ドリンクバーも追加しよ」と彼女のほうから提案されて、紅茶を飲む。

もうこの頃になると、彼女への恐怖はかなり軽減していた。目の前にいるのは、どつからどう見ても普通の——いや、かなりレベルの高い——女子高生だし、俺を殺そうという鬼気《きき》迫《せま》る雰囲気もまったく感じない。

「蓮見くんって、けっこう豪快《ごうかい》に食べるんだね」

「あっ、ごめん。ガツガツしてた？」

幼い頃から家族そろっての食事が苦痛で一刻も早く終わらせたいので、早食いが習慣になっている。だから、下品だったかもしれないと謝った。

「そういう意味じゃないの。なんか、男らしい一面見ちゃったと思って」

『男らしい』って褒め言葉だよな？

彼女の発言がくすぐったくて、思わず視線をそらした。

「か、梶川は、きれいに食べるんだね」

恥ずかしさのあまり、テーブルに視線を落としたまままつぶやく。

彼女はナイフやフォークの扱いも上品だった。

「そんなことを言われたのは初めてだよ。ちょっとうれしいかも」

『うれしい』でよかった。普段、女子とまともに話していないので、こんなときにどう言ったらいいのかわからない。

彼女も食事が済むと、俺と同じように紅茶を口に運ぶ。

「コーヒーは苦くて砂糖入れちゃうのよね。紅茶ならストレートで飲めるから、太らない」

聞いてもいないことを話し始めた梶川は、終始笑顔だ。

だけど……。

「三月二十六日」

とうとつに日付を口にした彼女は、視線を窓の外に移してから続ける。

「私が蓮見くんを殺してあげる」

カップを口につけようとしていたけれど、とても飲めない。テーブルに戻し、彼女を見つめた。

「こ、殺し……」

声が続かない。こんな無邪気《むじゃき》な顔をして、言っていることがとんでもなさすぎる。

「蓮見くんが死にたいんだったら、私が責任を持ってあげる。その代わり、心臓はちょうだい？」

待て。俺たちはいったいなんの会話をしているんだ。

「ちょうだいって、そんなに簡単に移植できるもんじゃない」

「その点は心配いらない。私が勝手にもらっていくから」

そう言われた瞬間、梶川の手が俺の皮膚《ひふ》を突き抜けて体内に入り込み、心臓をわしづかみにして引きちぎるところを想像し、気分が悪くなる。

胃液《いえき》が逆流してきて戻しそうになり口を手で押さえると「大丈夫？」と、彼女がクリクリの目をいっそう大きく開いた。

「帰る」

これ以上一緒にいたくない。

俺はすぐさま立ち上がり、財布から千円札を取り出してテーブルに置いたあと、逃げるようにファミレスを飛び出した。

俺の悩みを聞くと言ってみたり、殺すと言ってみたり、からかわれてる？

いや、もし本当だったら……。

いったい梶川は何者なんだ？

思わず胸に手を当て、深呼吸する。

まだある。俺の心臓は、ここにある。

激しく混乱したままひとりでいるのが恐ろしくなり、塾の自習室へと駆け込んだ。


二十一時までの授業は、梶川の理解不能なからかいと、授業が始まる前に返された模試の五教科の偏差値が前回より〇・八下がっていたこともあり、まったく身が入らなかった。

父さんの母校のA判定が出るのは、俺の塾の模試では偏差値七十三。今回は七十〇・四だったので届いていない。

かといって、合格できないかと言えばそうでもないが、父さんは許してくれない。

成績が下がるのが気に入らないからだ。

これで、父さんの前での直立不動が確定となった。

家に帰りたくない。

偏差値が一下がろうが、二上がろうが、時の運。得意な問題が出れば偏差値は上がるんだから、これくらいのことで一喜一憂《いっきいちゆう》したって仕方ないのに。

それを承知の上で父さんが俺を叱るのは、〝蓮見家の息子ができないわけがない〟という、冗談みたいな思い込みが原因だ。

今日はなんて罵倒されるんだろう。『お前に診察される患者がかわいそうだ。もっと勉学に励め』なのか、『お前の人生終わったな』なのか……。

俺の人生なんてとっくに終わってるのに。自分の意志がひとつも反映されてない人生なんて、なにが楽しいんだ。

少し前までは、南条先生のことを思いだして必死に耐えていた。でも、大学受験が近づくにつれ父さんの言葉はいっそうとがり、メスのように俺の胸をスパッと切り裂《さ》いてくる。せめて電メスにしてほしい。出血《しゅっけつ》が抑えられる、電メスに。

塾を出て家の近所の公園でふと空を見上げると、上弦《じょうげん》の月が煌々《こうこう》と辺りを照らしている。それなのに、俺の未来は暗闇の中だ。

このまま消えてしまえたら……。

いつも繰り返される感情がムクムクと湧いてきて、ハッとする。

梶川に『殺してあげる』と言われたとき、どうしてあんなに怖かったんだろう。足をガクガク震えさせ、必死の思いで彼女の前から走り去った。

「本当は俺、死にたくないのかな……」

ずっといなくなりたい、死にたいと思っていたのに、よくわからなくなってしまった。


「蓮見くん、おはよう」

翌日登校するともう梶川は来ていて、昨日のことなんてなんでもなかったかのように俺に微笑みかける。

「おはよ」

挨拶を返さないのもおかしいと思い小声でそう言ったあと、すぐさま裕司を探したけれどまだ姿が見えない。

梶川の前に座っていることがたまらなく恐ろしくなってきて、立ち上がってどこかに行こうとしたとき。

「心配しないで。三月二十六日だって言ったでしょ？　あと二カ月以上あるよ」

俺の心を覗いたかのような彼女の声が耳に届いた。

つまり、三月二十六日までは殺さないということ？　いや、裏を返せばその日に殺すと釘《くぎ》を刺された気もする。

どちらにせよ、今日は心配いらないということか。

彼女の発言ひとつで気持ちが大きく揺れ動いて、自分ではコントロールできない。

俺は返事もせず、そして振り向きもせず、動けないでいた。


「蓮見くん、例の化学の問題教えてよ」

二時間目のあとの休み時間。肩をトントンと叩いて軽く聞いてくる梶川は、おそるおそる振り向いた俺に手を合わせる。

なんのつもりだ？と身構えたものの、ごく普通の女子高生の仮面をかぶった彼女は、純粋に勉強を教えてほしいように見える。

「ダメかなぁ？」

「昨日のエステルの問題？」

「そう」

話している分には、他のヤツらと変わりない。彼女が指定した三月二十六日までは、こうして過ごしていくんだろうか。

俺は少しドキドキしながら会話を続けることにした。極端《きょくたん》に避けるのはおかしいし。

「それは、まずはここを見て――」

「あぁっ、わかった！　ありがとう」

たった一問解けただけで頬を上気させている彼女の素直さがうらやましくなる。

大幅に成績が上昇しなければ叱責されるだけの俺は、そんな小さな喜びなんてもうずっと前に忘れてしまった。

「はっ」

そんなことを考えていると、昨晩の父さんの罵声を思いだしてしまい、無意識に耳を押さえていた。

『蓮見家の恥さらしが！　生まれてくる場所を間違えたんじゃないのか？』

昨日の父さんは、いつも以上に機嫌が悪かった。どうやら担当していた患者さんが立て続けに亡くなって走り回っていたため、疲労がピークだったらしい。

「俺だって……」

『別の家に生まれたかった』という、あのとき呑み込んだ言葉を発しそうになり、慌てて口を閉ざす。

「蓮見くん？　どうしたの？　なにを言いかけたの？」

すると彼女に心配されて、眼球《がんきゅう》がギョロッと動く。

「なんでもない」

「でも……。顔が真っ青だよ」

梶川は眉をひそめ、心配そうな表情を浮かべた。


その日の帰り。

裕司と一緒に駅まで行き、いつものように別々の方向の電車に乗り込むと、梶川が俺と同じ車両に乗り合わせていた。

彼女はまた接触してくる気がしていたので、さほど驚きもしなかった。

少し離れた場所に立っていた彼女のところに、今日は俺から近づいていく。攻撃は最大の防御《ぼうぎょ》だと思ったからだ。

「梶川って、家はこっちなの？」

「うん」

「どこ？」

なんとなく嘘をつかれている気がして追及すると「そんなに怖い顔しないでよ」と口をとがらせる。

「ごめん。それじゃ」

それ以上話すこともなくなり離れようとすると、彼女は俺の腕を強くつかんでくる。

「蓮見くん、塾、何時から？」

「六時」

昨日と同じ会話を繰り返したが、今日はそもそも七時間目まで授業があったので、ファミレスに行くような時間はない。

「肉まん、好き?」

「は?」

突拍子《とっぴょうし》もない質問に目が点になる。

本当に彼女は、なにを言いだすのかまったくわからない。

「駅前にコンビニあるでしょ?」

そこに行こうと誘っているわけか。

「あるけど、別に話すこともないし」

「嘘」

即座に否定され、心臓がドクンと音を立てる。

休み時間に様子がおかしかったことを、しっかり覚えているんだ。

「なんで嘘って……」

「だって蓮見くんの心臓が苦しそうなんだもん。私、狙ってるからそれくらいのことはわかるよ」

だから、平然とした顔で心臓を狙っているとか言うな!

「どうして俺の命を狙っている相手に、ペラペラ個人情報を話さないといけないんだ」

語気《ごき》を強めてそう返せば、彼女は小さく首を振る。

「ストレスって、心臓病《しんぞうびょう》の危険因子《きけんいんし》なんだよ。心筋梗塞《しんきんこうそく》になりやすかったりね。医学部行くのなら蓮見くんも知ってるでしょ？」

「へぇ、健康な心臓をくれってわけか」

「そうね」

嫌味たっぷりに言ったのに、少しも俺のブローは効いていないらしく動揺《どうよう》のかけらも見せない。

「ね、だから肉まんね！」

彼女はやっぱり、せっかちらしい。


肉まんで俺を誘ったはずの彼女は、店員に「ピザまんひとつ」と告げている。本当に気持ちがころころ変わるヤツだ。

「肉まんじゃなかったの？」

「ピザまん見たら食べたくなっちゃった」

まあなにを頼もうがかまわないんだけど。

俺は肉まんとついでにコーヒーも注文した。そして、コンビニの隅に設けられているイートインコーナーに移動して並んで座り、肉まんを口に放り込む。

「時間ないね」

「そうだね。あと三十分ってとこ」

腕時計を確認して伝えると、「それじゃあ、さっそく」と彼女は俺を見つめる。

「なに？」

「なにって、わかってるくせに。健康な心臓のために、悩んでることを吐き出そうよ」

他人の気も知らないで、そんなに楽しそうに言うなよ。

心の中で悪態をついたものの、なぜか口が動いた。

「もしも俺が蓮見涼じゃなかったら、どんな人生だったんだろうって思っただけ」

正確には、〝どんな人生でもいいから、別の人間に生まれてきたかった〟なんだけど。

「蓮見涼じゃなかったら、か……」

彼女は繰り返したあと黙ってしまう。そしてすごい勢いでピザまんを食べ始め、あっという間に完食した。

「腹減ってた？」

「とくには。でも、腹が減っては戦ができぬって言うじゃない？」

なんの話だよ、いったい。

「いつ戦うんだ？」

「もちろん、今。もしかしたら蓮見くんが怒るかもしれないけど、思ったこと言うね」

「あ、あぁ……」

俺と戦うつもり？　しかも、『怒るかもしれない』なんて前置きされたら身構えてしまう。

「私も思うんだよ。梶川瞳子じゃなかったら、楽しい人生が送れたかなって。だけど、別の人間に生まれたとしても、たぶん同じようなことを考えるんじゃないかな」

「けど、蓮見涼よりはましだ」

梶川に怒ったって仕方ないのに、ついムキになった。

「そうかな……」

梶川は見たことがないような悲しげな視線を俺に向け、ゆっくり口を開く。

「蓮見くん。隣の芝《しば》は青く見えるの。でもそれは、苦労して育てた過程を知らないからよ。あっちのほうがよかったって思う前に、ちゃんと自分の芝を育てればいいのに、それをしないで嫉妬《しっと》ばかりする」

彼女の話を聞いていると、どこにもぶつけようのない怒りが込み上げてきて、血が出そうなほどの力で唇を噛み締めた。

「どんなに芝に水やりをしたって、毎日踏みつぶされたら育たないんだ！　わかったような口きくなよ！」

店内に俺たち以外にも客がいるので、できるだけ声のボリュームを抑えたつもりだったけど、店員がこちらをチラリと見たのは気づいた。

硬く握った拳《こぶし》が震える。梶川になにがわかるんだ！

「そっか。踏みつぶされてるのか……」

俺が激しい怒りをぶつけたというのに、彼女はきわめて冷静だった。それどころか、俺の発言を待っていたかのようにうっすらと笑みを浮かべている。

「それで、誰に？」

しまった。うまく誘導されてる。わざと怒るように仕向けられたのかもしれない。

「……両親だよ。小さいときから出来のいい兄さんと比べられ、成績が悪いって毎日のように責められる」

裕司にすら告白したことがないのに。どうしたんだろう、俺。

「そうだったんだ。でも蓮見くん、十分成績上位でしょ？」

「それじゃあうちの両親は納得しないんだ。蓮見家の人間はもっとできないとダメだって」

「蓮見家って……。そんなふうに縛《しば》られてるんだ」

同情されているのだろうか。それもみじめだ。

「飛び出せないのかな、そこから」

「はっ⁉」

考えたこともない提案をされ、あ然とする。

「そうだよ、飛び出そうよ！」

梶川はいいことを思いついた！というような顔をして、目をキラキラさせて俺の腕をつかむ。

「なに言ってるんだ」

「だって、蓮見くんの人生だもん。居心地《いごこち》の悪いところにずっといる必要なんてないよ」

「そんなこと、できるか！」

俺は蓮見家の名誉を汚さぬよう、できるだけレベルの高い医学部にもぐり込み、父さんの予定だと内科医を目指さなくてはならない。

この世に生まれたときから決まっている道を、今さら外れたりできるか。どれだけ我慢を重ねてここまで来たと思ってるんだ。

「できるよ。蓮見くんができないと思ってるからできないだけ」

梶川の言葉に頭を殴《なぐ》られた気がした。

たしかに、できるわけがないと思っている。

でも、なにもかも捨て家を飛び出すということは、今までの努力を自分から捨てるということ。そんな選択をしろと？

それに……蓮見家の一員として生きていく以外の人生が、本当にあるのか？

なにも言えず前を向いたままコーヒーを口に運ぶと、彼女は再び話し始める。

「もしくは……戦う、か」

「戦う？」

また意外なことを言われ、顔を横に向けて視線を送った。

すると彼女は、口角を上げて大きくうなずく。

「そう。飛び出すんじゃなくて、戦うの。堂々と自分の人生の行先を自分で選ぶの」

「自分で？」

「うん」

そんなことができるなら、もうとっくにしてる。

そう考えていると、彼女の意見が調子よく聞こえてきて腹が立つ。

「口で言うのは簡単だ。梶川はなにもわかってないんだ！」

「そうね。でも、やってみてもいない人に言われたくない」

梶川は真顔で鋭い指摘をしてくる。

その発言にドキッとしてしまい、とっさに言い返せなかった。

その通り、だからだ。俺は父さんに、医者になりたくないという意思表示すらしたことがない。〝あきらめる〟ことしかしていない。

しばらくなにも言えなかった。ただ、膝の上に置いた手を握りしめ、浅い呼吸を繰り返す。

梶川は、どうしてこんなに強いんだろう。それなのに、俺は……。

ううん。彼女は父さんのことをよく知らないから、こんなに軽々しく『戦う』なんて言えるんだ。

俺の心の中で、彼女への尊敬と否定が激しくぶつかり合い、なにがなんだかわからない。

「肉まん、冷めるよ？」

「えっ？」

ついさっき、あんなに鋭い意見を俺に突き刺したばかりなのに、もういつもの笑顔に戻り、平然としている。

しかも、触れられたくない場所のど真ん中に遠慮なく否定の直球を投げ込まれて、梶川に対して腹を立てることばかりなのに、彼女の笑顔を見るとその怒りもすとんと落ち着くのが不思議でたまらない。

彼女も、さっきの言い合いなんてなかったかのように落ち着いていて、再び穏やかな時間が戻ってきた。

「ほら、湯気《ゆげ》が立たなくなってる」

「あぁ、うん」

指摘されて残りの四分の一を一気に口に入れると、俺の心も平静を取り戻した。

「私、やっぱり今度は肉まん食べよ」

「梶川って優柔不断《ゆうじゅうふだん》だよな」

俺が指摘すると、彼女は眉をちょっとだけ上げる。

「そんなことないよ。我が道を進むタイプ」

「なるほど」

たしかにそうだ。これがいいと思ったら即決して、やっぱりあっちだったと思えば今度は変更しようと行動に移す。

優柔不断ではなく柔軟《じゅうなん》とでも言うべきなのかも。それに対して俺は、頭が硬い気がしてきた。

「まずい。塾始まる」

「うん、行ってらっしゃい」

慌ててコーヒーを飲み干して、彼女と一緒にコンビニを飛び出した。

「梶川、家はどのへん？」

近所ならいいんだけど。

「女の子ひとりで帰すのが心配？　優しいね」

「ち、違う……！」

そりゃあ、誰もが認めるほど美人なんだし、心配もするだろ？

でも、そんなことはこっ恥ずかしくて素直に言えない。というか、命を狙われているのに心配なんておかしいし。

「私なら大丈夫。頑張ってね」

彼女は手を振り、あっという間に駆けていった。


それから二週間。

なんとなくだけど、彼女との距離が縮まった気がする。

それはおそらく俺の問題であって、梶川が変わったわけではないんだけど。

ただの不気味な存在から、俺のテリトリーにおかまいなしに入り込んでくる、ちょっとお節介《せっかい》なクラスメイトに格上げされた。

そして、心臓をえぐり出されるかもしれないという恐怖も、どうしてか薄まっている。

日時を指定されたからなのか、彼女がそんなことをするとは思えなくなったからなのか、自分でもよくわからない。

「蓮見くん。私、やっぱり化学が壊滅的《かいめつてき》なの……」

どうやら彼女は、物理は得意なのに化学は苦手らしい。女子は逆のほうが多いんだけど、珍しいタイプだ。

あれからちょくちょく勉強のことを俺に聞いてくる。

「あぁ、それは――」

うしろを向き、彼女の机の上の問題を解き始めると「今日は元気？」なんてボソッとささやかれ、シャープペンが止まる。

「うん。心臓は健康」

「よかった」

本当は昨晩も塾の小テストのことでお小言を食らったが、人格を否定されるほどのことはなかったし、彼女に『戦う』なんて言われてから、なにか俺の心の中に化学反応が起きていて、気持ちが安定している。

誰にも話していなかった両親との複雑な関係を、いわば得体《えたい》のしれない梶川という存在に明かして、楽になったのかもしれない。

ランチをシェアしたとき、俺の息苦しさもシェアしようと言った彼女だけど、本当に少し持っていってくれたような。

「涼と梶川さん、最近仲良しじゃん」

そこに裕司がやってきて茶化す。

俺が梶川のことを好きだと勘違いしたままの裕司は、おそらくくっつけようとしているんだろう。

「前からだよねー、蓮見くん」

俺はなんと返事をしようか迷っているのに、梶川は即答だった。

彼女の返事を聞いた裕司は、俺に気持ち悪い笑みを見せ、肘で突っつく。

『よかったな』という心の声が聞こえてきたが、あえてスルーして梶川に説明を始めた。

裕司が言っていたように、彼女はクラスの中でもムードメーカー的な存在だった。

つねにニコニコしていて明るく、誰にでも分けへだてなく接する。友達の輪に入るのが苦手な女子にも積極的に声をかけてその輪に加えているし、ちゃんと話も振っている。まるでバラエティ番組の司会者のようだ。

それだけでなく、男子にも物怖《ものお》じすることなく語りかけているし、他人の悪口を絶対に口にしない。

それにあの顔立ちだし、そりゃあモテるだろうなというような女の子だった。

そんな彼女の記憶がないって、いったいどうなってるんだ俺の脳は。

「ね、蓮見くんの教え方が抜群にうまいの。鬼ちゃんよりわかりやすいんだから」

梶川はそんなことを言いながら、女子を数人連れてきて、俺に数学の解説を求める。

「あぁ、無理数の問題か。これは――」

こうして説明していると、自分がその問題を理解できていると再確認できる。わかっていないと人に教えられないからだ。

「すごい。本当にわかりやすい。これなら解けそう！」

解説を聞いていた女子が目を輝かせているのを見ると、内心誇らしげな気持ちになる。

「でしょ？　蓮見くん、すごく賢いのよね」

梶川がなぜかしたり顔で自慢しているのがくすぐったい。

両親に〝できない子〟というレッテルを貼られている俺にとって、救われるひと言だった。

俺だってダメじゃない。こうして教えられるくらいの知識は積んできたんだ。

今まで兄さんと比べてまだ足りないとばかり言われてきたので、自分の努力を自分で認めることができなかったけど、少し自信がついた。

ほんの少し、だけど。

「蓮見くん、教師になったらいいのに。賢い先生ってさ、どうしてこんなこともわかんないんだ？って気持ちが丸出しになってることあるでしょ？　そうするとやる気が削《そ》がれちゃうのよね。でも蓮見くんは、こっちが答えにつまってもイヤな顔しないもん。そういうのってすごく大事だと思うんだよね」

梶川からそんなふうに言われ、たちまち目がキョロキョロと動きだし、顔が熱くなる。

褒められた照れくささがある一方で、本当は目指したい〝教師〟という職業に向いていると言われて、妙に動揺した。

なれるものならなりたい。だけど俺は……。

あぁ、やっぱり蓮見家という呪縛《じゅばく》から飛び出すなんて無理だよ。

「先生、ぴったりじゃない？　本当にわかりやすいもん」

「うんうん。いいと思う！」

「サ、サンキュ」

他の女子まで次々と続くので、照れくささもピークに達してうつむき加減になる。

褒められるって、想像以上にテンションが上がるものなんだな。

梶川の友達が離れていく中、ひとりで喜びをかみしめていると、「蓮見くん」と彼女の声がするので振り返った。

「ん？」

「今日は肉まん食べたいな」

「は？」

それって、塾の前にあのコンビニに行こうと誘ってる？

そういえば、三月二十六日に心臓をもらうもらわないという話も、結局うやむやになっているからいい機会なのかもしれない。

早くしないとその日がやってくる。よくわからないなりに不安はある。

「わかった」

俺がうなずくと、彼女は白い歯を見せた。


駅まではいつも通り裕司と一緒だった。

俺を誘ったはずの梶川が、ホームルームが終わるとすぐに消えてしまったので目で探していたが、裕司に気を使ったんだろう。駅のホームで待っていた。

「ごめん。待った？」

「うん。三分」

彼女は腕時計をチラッと見て無邪気に笑う。

『蓮見くんを殺してあげる』なんて恐ろしい言葉を口にした女の子とは別人のようだ。

「なぁ。今日、塾の一限さぼろうと思うんだけど、肉まんじゃなくてファミレスでなんか食わない？」

コンビニは人の出入りが激しいし、イートインコーナーも狭くて落ち着かない。

提案すると、彼女は目を見開いてあ然としている。

「さぼる？　蓮見くんが？」

あぁ、そっちか。

俺はまた、俺のほうから誘ったことに驚いているのかと思った。

「うん。数学だから一時間くらい大丈夫。それに、もっと大切な話がある」

大丈夫なんて言いながら、さぼるのなんて初めてのことで、少し緊張していた。もし父さんに知られたら、ひと晩中責められるかもしれない。

それでもかまわないと思うのは、梶川の『戦う』という発言に心が動いたからだ。

俺が『大切な話』なんて口にしたからか、彼女の目が少々不安の色を纏《まと》う。だけど、不安なのは俺のほうだぞ？

「いいよ、行こう」

すぐさまいつもの表情に戻った彼女はうなずいた。

ふたりで電車に乗り込んだものの、人が多くて座ることができない。ドア近くに立ったまま会話を続ける。

「梶川は塾に行ってないの？」

「うん。私はべつにいい大学に行きたいわけじゃないし」

「それじゃあ、どうして特進クラスに?」

特進クラスは宿題も補習も多いし、テストの問題のレベルも他のクラスとは違う。特に難関校を目指しているわけではないのなら、普通クラスのほうがずっと楽だ。

「自分の知らないことを学べるって、楽しいじゃない。山が高いと登りたくなるタイプなのよ」

我が道を進み、ハードルが高いと燃えるタイプか。

彼女のことを、またひとつ知った。

「珍しいね。高すぎる山を見るとうんざりだけどね、俺は」

蓮見家のプライドという高い壁と同じだ。超えられないものを目の前に置かれても、ため息しか出ない。

「それは、いつでも山登りできる環境にある人の言い分よ。どんなに苦しくても、登ること自体がうれしい人もいるんだから」

「どういう意味?」

彼女の発言の意図がよくわからず聞き返したけれど、「うーん」となったきり黙ってしまった。

説明が難しいのか、聞かれたくなかったのか……。

俺もそれきり黙り、駅に着くのを待った。

前回と同じファミレスは、平日ということもあり比較的空いている。

俺たちは一番奥の席に座り、メニューを広げた。

「晩飯にする？　でも家に帰ったらあるよね」

ディナーのメニューを広げた彼女に尋ねると「そうだね。甘いものが食べたい」と、俺が手にしていたデザートメニューをスッと持っていき、眺めている。

「蓮見くんは、甘いもの好き？」

「まあ、苦手ではないかな」

なんて言いながら、本当は好きだ。

男子たるもの甘いものが食べたいなんてかっこ悪いかも。というくだらない思考が働いた。

「でも、コンビニでコーヒー飲んだとき、砂糖を全部入れてたよね？」

うわっ、チェック済みか……。

「クリームののったワッフル程度の甘さなら好きだ」

俺はそう言いながらメニューを指さした。

砂糖たっぷりの生クリームに、メイプルシロップまでかかっているここのワッフルは、かなり甘い部類に入ると思う。

カッコつけたまま平然と言い放つと、彼女はブハッと噴きだしている。

「そっかぁ、この程度の甘さしかダメかぁ」

どうやら彼女は俺が本当は甘いもの好きだと悟ったらしい。

それから、「私ね、ケーキにしようと思ってたんだけど、ワッフルにする」と同調し、ドリンクと一緒に注文を済ませた。

彼女がいつも通りの移り気を見せるので、おかしくてクスッと笑ってしまった。

「ねぇ。男の子って、コーヒーはブラックで飲むのが男らしいとか思ってる？」

「どうかな」

思いきり思ってるけど、濁《にご》す。

はっきり認めたらカッコ悪いだろ？

「ふふ。大変だね」

どうやら〝思ってる〟ほうが正解だと感じたんだろう。彼女はすこぶる楽しそうに肩を揺らしている。

梶川はいつも笑顔で、見ている俺もつられて口元が緩む。

「好きなことをして、好きな物を食べて……。そんな生活できたら楽しいだろうな」

ふとそう漏らす彼女が、一瞬視線を伏せたのが気になった。

思えば俺の話ばかりで、彼女の私生活をこれっぽっちも知らない。いや、私生活の前に、謎めいたことを口にする彼女の真意が知りたい。

「梶川はなにかに縛られてるの？」

「縛られ……。そうだね」

彼女はしきりに前髪を触っている。

それに、俺にドキッとした言葉を投げかけるときは、じっと目を見つめてくるくせして、視線を合わせようとしないのが引っかかる。

なにか言いたくないことがあるんだろうか。

「シェアする？」

「シェア？」

俺の提案に一瞬キョトンとした彼女だけど、〝話を聞くよ〟という意味だとすぐにわかったらしく、「ありがと」と頬を緩めた。

「私、花屋さんになりたいの」

「花屋？」

とうとつすぎる告白に首をひねる。

敬明の特進クラスに在籍する人間がめざす道としては珍しい。

「そう。変かな？」

「花屋になりたいことは変じゃないけど、それならわざわざうちの学校にいなくたってなれそうだし……。あっ、そうか。梶川も親に反対されてるの？」

俺と同じように、敬明を受験したのは両親の意向だったのかもしれない。

「そういうわけでも、ないんだけど」

「それなら夢を叶えられるだろ？」

いつもハキハキ物を言うくせして、珍しく歯切れが悪い梶川に聞き返すと、曖昧《あいまい》にうなずいている。

俺が医者以外の選択を認められないのとは事情が違いそうだ。

「どうして花屋になりたいの？　花が好きとか？」

「うん。部屋の窓から大きな桜の木が見えるの。満開のときなんてね、窓を開けると花びらがふわっと飛んできたりして、すごく幻想《げんそう》的なの！」

興奮気味に話し始めた梶川は、その様子を想像しているのだろうか。表情がとても柔らかい。

そのせいか、俺も穏やかな気持ちになる。

「みんな、花が咲いているときしか注目しないんだけど、そのあとの若葉のみずみずしさなんて、見ているだけで元気がもらえるんだよ。それに今の時期もね、春に一気に花を咲かせるために力をためてるんだから。陰で努力している姿がけなげでしょう？」

桜の木に『けなげ』って……。

おかしくて笑みがこぼれる。

「梶川って面白い考え方するんだね。それで花屋？」

「うん。桜を見ていると、つらい時期も忍んで耐えれば、また花を咲かせられるって希望が持てるの。他にも好きな花があって……」

そこでワッフルが運ばれてきたので、話は一時中断。

梶川も甘いものが好きらしく、目が輝いた。

「おいしー。幸せ」

彼女は女子にしては大きめに切ったワッフルを、目を弓なりに細めて満面の笑みで頬張る。

『幸せ』なんて大げさだと思ったけど、そうでもなさそうだ。

俺もひと口パクリ。

「うん、このくらいの甘さがちょうどいいな」

「やめてよ。噴き出しちゃうじゃない」

肩を揺らして笑う彼女は、どこからどう見ても普通の女子高生。

「あっ、そうそう。蓮見くん、マツユキ草って知ってる？」

「ううん。聞いたことはあるけど……」

どうやらさっきの話の続きらしい。

そう返すと、彼女はスマホを操作して一枚の写真を俺に見せた。

そこに写っているのは真っ白で可憐《かれん》な花だ。

「これがそう？」

「うん。春の訪れを知らせる花なの。マルシャークが書いた『森は生きている』っていう戯曲《ぎきょく》があるんだけど、知ってる？」

彼女は身を乗り出すようにして尋ねてくる。

「あぁ、小学生のとき学校の図書館で読んだような。マルシャークってロシアの作家だったたっけ？」

「そうそう。さすが、よく知ってるね」

「いや、たまたまだよ。そっか。あの作品に出てくるのがマツユキ草か……」

たしか……真冬に見つかるはずのないマツユキ草を探してきたら金貨《きんか》を与えるという女王の話を耳にした継母《ままはは》が、吹雪《ふぶき》の中に女の子を放り出して探してこいと命じる、ちょっとひどい話だ。

でもその子は、十二月の精たちに助けられて無事にマツユキ草を手にすることができたはずだ。

「私、あの話が大好きで、マツユキ草も好きになったの。ほかにもこの花にはいろんな言い伝えがあって――」

それから梶川は、食べる手を止めて語り始めた。

彼女によると……雪が降りしきる中、エデンの園から追放されたアダムとイヴ。泣きじゃくるイヴを見た天使が、降ってくる雪をマツユキ草に変え希望を与えたという話があるんだとか。

その一方で、恋人の死を知った少女がマツユキ草を摘《つ》んで彼の傷の上に置いたところ、彼の体がこの花に変わってしまったという話もあり、死を象徴《しょうちょう》するとも言われているらしい。

「へー、希望と死か。まったく逆の意味を持つ花なんて珍しい」

思ったままを漏らせば、彼女はうなずく。

「どっちの意味をとるかは、その人次第だと思うの」

さっきまでの笑顔は封印《ふういん》して、真剣なまなざしを俺に向ける梶川。その目が俺になにかを訴えている。

「同じものを与えられても、希望ととる人と絶望ととる人がいる。でもどうせなら、希望だと思ったほうがいいよね」

それは、俺のことを言ってるのだろうか。

「そんなに簡単な話じゃない」

どうしたら今の環境から希望を見出《みいだ》せというんだ？

「簡単じゃないのはわかってる。私だって……」

その続きは、なに？

しばらく待ってみたものの、彼女は唇を硬く結んだままなにも言わなかった。

俺は雰囲気を和らげたくて、再びワッフルを口に運ぶ。

「やっぱ、クリームののってるところがうまいな」

「それ、思いきり甘党発言じゃない」

やっと梶川が笑った。彼女は元気でなくちゃ。

「なあ、梶川って何者？　なんで俺は、梶川の記憶だけないんだろ」

再び気まずくなるかもしれないとも考えたけれど、今日はそれを聞きにきたんだからきちんと答えてもらわないと。

「私は私だよ。蓮見くんの記憶は……、そうねぇ」

彼女もワッフルを口に放り込み、視線を右斜め四十五度の方向へ向ける。

「逆、なのかもね」

「逆って？」

「ふふ。そのうちわかるよ」

意味深《いみしん》な笑みを浮かべる彼女は、なにかを知っているようだ。

「それじゃあ、どうして俺のこれを狙ってるの？　他の誰かじゃなく俺の……」

俺は自分の胸をトントンと叩く。

「それは言ったでしょ？　蓮見くんがいらないならもらうって」

「だから、どうしていらないってわかった……んだよ」

ついヒートアップしてしまいそうになり、トーンダウンした。

「どうしてって言われても。わかっちゃったんだもん」

「梶川の返事はいつも曖昧すぎる」

なにひとつ解決しない。

「そうね、ごめん」

しおらしく謝られてしまっては、それ以上責められないじゃないか。

「じゃ、別の聞き方をする。梶川はどうして俺の心臓がいるんだ？」

きわめて小声で。こんなとんでもない話、周りの人に聞かれたくない。

「うん、やっぱ、蓮見くんは賢いや」

今日は紅茶ではなくミルクをたっぷり入れたコーヒーを口に運ぶ彼女は、そんなふうに俺を褒めるけど、ごまかされたりしない。

「それで？」

「わかったわかった。そんなに怖い顔しないでよ。うーん……。私の心臓が止まりそうだから？」

「は？　止まりそうって、お前さ……」

テンパりすぎてなんと声をかけたらいいのか判断がつかない。

よくそんなに重大な話を軽ーい口調で話せるな。

「だから、代わりを探してたの。それで、いらない人からもらうのが一番かなと思って」

「ちょ、ちょっと待て。梶川は病気なの？」

必死に頭の中を整理しながら尋ねると、「まあ、そうかも」なんて他人事だ。

彼女は学校では至って普通に他の女子と駆け回っているし、体育だって参加している。顔色が特別悪いようにも見えないし……。なにより、そんなに深刻な状況なら、学校になんて通えないだろ？

また、からかわれてる？

「病気なのに、こんなところでワッフル食ってる場合？」

「だから、かもよ。ほら、死んじゃう前に思う存分好きなことを楽しんでおきたいってやつ」

飄々《ひょうひょう》と語る彼女は、クリームだけを口に運んでいる。

「あのさ、そういうからかい方はあんまりよくないと思う」

本気で心配するだろ？

「からかってはいないよ。だから、蓮見くんの心臓をもらいにきたんだし」

彼女の表情は少しも変わらない。

いったいなにが本当なんだ？

「俺が心臓をやらないって言ったら？」

「そうしたらあきらめるしかないわね。死にたい人を短期間で探すの大変だもん」

「あきらめるって、梶川の心臓が止まるってこと？」

「そうよ」

心臓が止まるってことは死ぬって意味なんだぞ？　どうしてそんなに冷静なんだ？

「平気、なのか？」

だから俺はストレートに聞いてしまった。

「平気かそうじゃないかと聞かれたら、平気じゃないわね。だけど、自分で選べないこともこの世にはあるのよ」

奥歯にものが挟まったような言い方をする彼女は、「やっぱり一緒に食べないと甘すぎ」と、マイペースにワッフルも切って口に運んだ。

しかし一瞬、ほんの一瞬、彼女の大きな瞳が悲しみの色を纏った気がして、俺のほうが動揺してしまう。

いつも底抜けに明るい彼女が初めて見せた、切なげな顔だった。

「自分で、選べない……」

「うん。選べないことはくよくよしたってどうしようもないでしょ？　そんな時間もったいないもん。楽しいことに使いたいと思って」

この強さは、華奢《きゃしゃ》な体のどこからあふれてくるのだろう。

たとえば俺があと一年の命だと告知されたとして……それを止める方法がひとつあると教えられたら、なにがなんでも心臓を手に入れようとするはずだ。

それなのに彼女は、俺が拒否したらあきらめると簡単に言ってのける。

『私が蓮見くんを殺してあげる』なんて自信満々に言い放ったくせして。

「でも、蓮見くんはその心臓、いらないんだよね？」

彼女は皿の上のワッフルに視線を向けたまま、ギクッとする発言をこぼす。

そうだ。いらない。人格を否定されるまで罵倒されて……決められた道しか歩くことを許されず、ずっと蓮見家という高い壁に囲まれた狭い世界でしか生きられないのなら、うんざりだ。

でもついさっき、命をつなぎとめられる方法があるなら、どんな手を使ってでもなんて無意識に考えてしまった。

やっぱり本当は生きていたいと思っている？

自分の気持ちがわからなくなった。

たしかに俺は梶川が現れてから、屋上に行く回数が極端に減っている。

彼女が他の女子にも勉強を教えるように言ってくるので、休み時間もひとりで過ごすことが少なくなったというのもあるけれど、ひとりで空を眺めたいと思う気持ちが薄くなっている。

それに屋上のフェンスをよじ登り、空へと飛び出していく自分を思い描くことがなくなった。

屋上に行ったとしても、梶川のことばかり考えてしまう。

消えてしまいたいという気持ちより、彼女の存在に意識が向いているのだ。

――彼女が降ってきたあの日。

『心臓をもらいにきた』と言われ激しく動揺したのは、彼女が俺の心臓をわしづかみにして奪う様子を想像して気分が悪くなったから。

だけど今は？

もしもオペできれいに取り出せるとしても、すんなりこの心臓を差し出せるだろうか。

「俺、べつに心臓なんか……いら、ない……」

そんなことを悶々《もんもん》と考えていると、声が小さくなる。

「選んでいいんだよ」

「えっ……」

梶川は俺の目を真っ直ぐに見つめ、ゆっくりと吐き出すように言う。

「その心臓は、蓮見くんのものだもん。自分が死ぬか、私が死ぬか」

まさか、そんな重要な選択を俺にしろと？

「いや、そんなことできない」

「だけど、頑張らないと。私は自分が生きるために、蓮見くんを殺す一択《いったく》なんだから」

つまり、この心臓は梶川には渡せないと必死になれってこと？

「そんな……」

手に妙な汗をかいているのがわかる。

今まで何度も死んでしまいたいと思ったことはあるが、それは思っていただけなんだと初めて気づいた。

〝死〟というものをこれほどまでに身近に感じたことがなかったので、わからなかったんだ。

「私はマツユキ草は希望の花だと思ってる。蓮見くんはどうかな」

「俺は……」

「選んで、いいんだよ」

もう一度同じ言葉を俺に言い聞かせるように繰り返した彼女は、ワッフルの最後のひとかけらを口に放り込んだ。

塾の授業をさぼったことは、両親にはバレなかった。

「選ぶ、か」

もしかしたら今日俺は、初めて自分で選択というものをしたのかもしれない。

塾に行くか行かないかというしょうもなさすぎる二択だけど、〝行かない〟という道があったんだと今さら驚いた。

梶川の命か、自分の命かどちらかを選べと迫られている今、塾の出欠なんてちっぽけすぎて笑いが込み上げてくる。

「さぼるなんて簡単だったな」

絶対に許されないと思っていたことをあっさりと実行に移せたことに、自分で拍子抜けしている。しかも、どうしてできないと思い込んでいたのかと、今までの自分を笑ってしまった。

これで蓮見家の呪縛から逃れられたわけではないが、逃れる方法があるかもしれないという気持ちになる。

決してまだまだ十分じゃないけれど……。

今までの努力を水の泡にして蓮見家を飛び出す勇気もなければ、梶川が言っていたように両親と戦ってまで自由を勝ち取る力はまだ湧いてこなかった。

翌日も梶川は、相変わらずケラケラと声を上げて笑っていた。

俺の心臓がなければ彼女のそれが止まってしまうかもしれないなんて、本当なのか嘘なのかわからない。

「ねー、蓮見くんって甘いものダメなんだよね」

休み時間に梶川の机を取り囲むようにして数人の女子と話していた彼女が、参考書を広げていた俺にとうとつに話を振ってきた。

梶川のヤツ、俺が甘党だと確信してからかってるな。

「まあね」

ぶっきらぼうに返事をすると、彼女は笑いを噛み殺している。

「梶川は好きなんだよな」

「うん。クリームたっぷりに、メイプルシロップのかかったワッフルがすごく好き。知ってるくせに」

心臓がドクンと跳ねる。

べつに彼女との関係を隠しておきたいというわけでもないけれど、みんなにふたりでファミレスに行ったことを知られるのは、なんとなく照れくさい。

「そうだっけ？」

気のない返事をすると、彼女はそれ以上なにも言わなかった。

だけど少し離れた席の裕司の耳にも届いたらしく、さりげなく近づいてきて俺の前の席に座り、「いつからだよ」と小声で聞いてくる。

「なにが」

面倒だなと思いつつ返せば、「お前たち、そこまで仲良かったっけ？」と耳元でぼそぼそつぶやかれた。

付き合ってるんだろ？と言いたいんだろうな。

でもそんな仲じゃない。むしろ、心臓をどちらの体で生かすかという、緊迫《きんぱく》した関係だ。

俺自身が半信半疑《はんしんはんぎ》なんだから、こんなことを裕司に説明できる気がしない。

「さあ」

「さあってお前。俺とお前の仲で隠し事なんて切ないだろ」

「べつに」

『切ない』なんて言いながら、顔がニタついてるけど？

「なんて冷たい男なんだ。そんなんじゃ振られるぞ。梶川さんはどうしてこんなヤツがいいんだか」

美人で人気者の彼女と、なんの取柄《とりえ》もない俺が付き合っていたら、たしかにびっくりだ。だけど、そういう関係じゃないし。

「振られるって、そもそも付き合ってないから」

あきらめる素振りもない裕司にズバリ言い放つと、「またまたー」としつこく食い下がられてため息が出る。

すると裕司は俺の耳元に手を当てて、「そういうことにしといてやるよ」なんて鼻の下を伸ばしてささやいたあと、自分の席に戻っていった。

「……お前さぁ」

帰りの電車で一緒になった梶川に怒ってみせると、彼女は口元を手で押さえている。

「ごめんごめん。だって、甘いものダメだって言い張るから、つい」

弾けんばかりの笑顔を見せる彼女の心臓が、もう少しで止まるかもしれないなんて信じられない。

「梶川があんなこと言ったから、裕司が俺たちが付き合ってると勘違いしてるぞ」

「いいじゃない。本当に付き合っちゃう？」

「は？」

彼女は他人を驚かせるのが得意らしい。

あのイケメンの北村先輩を振ったという梶川と、今までほとんど女子としゃべったことのなかった俺が、釣り合うわけがないだろう？

「人生は楽しいほうがいいでしょ？　ね、そうしよう。付き合っちゃおう」

やっぱり即決。

「付き合うってのは、肉まんにするかピザまんにするかって話とは違うんだ。やっぱりあっちがよかった、やめたなんて簡単には変えられないんだぞ」

一応釘を刺しておかないとまずいんじゃないかと感じて止めると、「わかってるよ」とあっけらかん。

「わかってるって……」

「蓮見くんが彼氏だったら素敵だなと思っただけ。もちろん、蓮見くんがイヤならいいよ」

嘘だろ？

俺たちの間にあるのは、心臓をどうするかという問題だけ。好きとか嫌いとかいう恋愛感情なんてこれっぽっちもないと思っていたのに。

だいたい、俺のどこが素敵なんだ？

彼女が振ったらしい文武両道の北村先輩と比べて、ひとつも勝っているところはないし、くよくよしてばかり。

しかも、それを知っているくせして、なに言ってんだか。

「あのさぁ、相手が俺だからいいけど、他の男にそんなこと言ったら本気にされるぞ」

ため息をつきながら注意すると、彼女はキョトンとしている。

「他の男の子になんか言わないよ。蓮見くんだから言ってるのに」

まばたきすることもなくじっと見つめられて、心臓がドクンドクンと大きな音を立て始める。

その強い視線に耐えられなくなり、先に目をそらしたのは俺のほうだった。

なんだ、むずむずするようなこの感覚。こんなの初めてだ。

「蓮見くんは、私とこうして話すの、イヤ？」

「イヤ、じゃないけど……」

ちっともイヤじゃない。むしろ楽しい。

最初は恐ろしかったけれど、今では梶川は裕司より近い存在になりつつある。

心臓を狙われているというのに、一緒にいたいという気持ちが心の中につねにくすぶっている。

ミステリアスでつかみどころがない彼女について理解していることなんてなにもないけど、こんなふうに話せる女子は初めてだし、心の中に踏み込んできた人間も初めてだ。

そして、胸の内を告白してしまったのも。

「ヤダ。蓮見くんって、ツンデレタイプ？」

「な、なに言ってるんだよ！」

いつデレたんだ。

ムキになって反論し、顔を背ける。

なんとなく顔が赤くなっている気がしたからだ。

「それじゃあいいでしょ？　私、彼氏って初めてなの。うれしいな」

「待てよ。梶川が興味あるのは、俺の心臓だろ？」

「うん。でも、蓮見くんにも興味津々」

彼女はニコッと笑う。一方俺は、なにも言えない。

「まあ、いいや。私の片想いにしておこう。その気になったら言ってね」

彼女はどんなことでも物怖じしないタイプらしい。

普通告白って、もっとこう……人気《ひとけ》のないところに呼び出して、ドキドキして……っていう感じじゃないのか？

周りに人がいっぱいの電車の中で、日常会話をする延長線上で、ちょっと言ってみましたって。俺の想像を超えている。

しかも、『片想いにしておこう』って……。成就《じょうじゅ》したとか失恋したとかそういう緊張感のかけらがまるでない。

やっぱりからかってるんだろうか。

「梶川って、変わってるよね」

「うふふ。お褒めの言葉?」

やっぱり変わってる。どこが褒め言葉なんだか。

「どうかな」

俺が濁すと彼女はクスッと笑みを漏らした。

つねにポジティブな彼女と一緒にいると、自分のネガティブさが際立ってくるようだ。

下車する駅はいつも同じ。俺はこのまま近くの塾に直行で、ここでお別れ。

「梶川の家ってどっち?」

「あっち」

彼女は大通りの西の方角を指さす。

でもそうじゃなくて、もっとくわしく教えてほしいって意味なんだけど。

「ねぇ、少しは私に興味出た?」

なん、て?

梶川のことに関しては興味だらけだ。どうして彼女の記憶が抜け落ちているのかも、心臓の話も、俺を揺さぶる言葉の数々も。

だけどそんなこと照れくさくて言えやしない。

黙ってうつむいていると、彼女は再び口を開いた。

「あっははは。固まらないでよ。蓮見くん、かわいいところあるよね。それじゃ、塾頑張って！」

梶川は大笑いしたあと、タタタッと駆けだしていく。

「走るな！」

病気なんだろ？

「ありがとう。平気！」

彼女は一度こちらを振り返り、俺に手を二回振ってからそのままの勢いで遠ざかっていく。

「元気、だよな」

ぽつりとこぼす。

俺よりずっとテンションの高い彼女が病気だなんて、やっぱり信じられないし、信じたくない。

俺の心臓を渡さなければ、死んでしまうなんて。

『その心臓は、蓮見くんのものだもん。自分が死ぬか、私が死ぬか』

梶川の発言がリフレインする。

あっけらかんととんでもないことを口にする彼女は、もうすでに〝死〟を受け入れかけているような気がしてハッとした。

ダメだ。気になる。

いったん塾のほうへと足を踏み出したけど、梶川のことが気になりすぎて方向転換。

彼女が駆けていった方向に俺も足を進める。

あんなに走って倒れてしまわないだろうか。病気が悪化しないだろうか。

そんなことを考えだしたら、不安でたまらない。

かすかに見えるうしろ姿を追いかけていくと、少しずつ距離が縮まってくる。

彼女が大通りから横道に入ったので、さらにスピードを速めて同じように曲がったが、近づいていたはずの梶川の姿は忽然《こつぜん》と消えていた。

「梶川？」

どこに行ったんだ？

そこは一方通行の細い道路で、道に沿って一軒家が並んでいるものの、横にそれる道はない。

この辺りに家があるのかと、数件の表札《ひょうさつ》を見て回ったものの【梶川】と書かれている家はなかった。

「梶川？」

彼女の名前を口にしながら、しばらくキョロキョロあたりを見回しながら付近を歩く。

しかし、返事もなければ、人気もない。

とりあえず、倒れてはいないようだけど……。

俺はポケットからスマホを取り出して、彼女にメッセージを送信する。

【あんなに走って、大丈夫だった？】

追いかけたことは伏《ふ》せてそう送ると、すぐに既読のマークがついて、ひと安心。

【過保護だなぁ。平気って言ったでしょ。塾、頑張ってね！】

そのメッセージのあとの、くまが親指を立てて【ＯＫ】と言っているスタンプを見て、気が抜けた。

心配いらなかったか。

俺は苦笑しながら、もと来た道を戻り塾へと向かった。

衝撃の事実

その日は、先日行われた模試の結果が返却された。

毎月一度あるこの日がたまらなくブルーだったのに、今日はそれほどでもない。

成績が急上昇したわけでもなく、それどころか物理の偏差値が前回より一下がっていたのに。

間違いなく父さんに叱られるはずだけど、どうでもいいやと思っている自分がいる。

こんなふうに思ったのは初めてだった。

家に帰ると、母さんが玄関まで出迎える。

「今日、模試の結果出てるわよね」

「うん」

待てないとばかりに手を差しだす母さんに、カバンの中から成績表を取り出して渡した。

父さんはもう帰っているらしく、リビングからテレビの音が聞こえてきた。

こういうときはすぐに説教が始まるのがパターンだ。

説教のあとリビングで食事を出されても食べる気にはなれない。ずっと落ち込んでいるふりをしていなければ、父さんの怒りがヒートアップするからだ。

だから、夕食を食べずに部屋に引き込もることが多く、さっきコンビニで菓子パンを調達《ちょうたつ》してきた。

これもまた初めてのことで、自分に余裕を感じる。

準備万端だ。

「涼」

先に母さんがリビングにテスト結果を持っていくと、すぐに父さんに呼ばれて向かう。

「はい」

渋々返事をして廊下を歩き出すと、ちょうど兄さんが風呂から出てきた。

彼は俺を一瞥《いちべつ》してから口を開く。

「お前、もっとうまくやれば？　そんなんじゃ、世の中渡っていけねーぞ」

「わかってるよ」

『わかってる』なんて返したものの、兄さんのように父さんが満足する偏差値をとれないんだから、どうにもならないだろ。

父さんや母さんの前ではすこぶるいい顔をしている兄が、弟に『うまくやれば？』なんて言うとはふたりとも思っていない。

顔を使い分けられる兄さんのことを、ちょっとうらやましい一方で、ずるいヤツとも思っている。

彼は軽くため息をついて、そのまま二階の自分の部屋に上がっていった。

これから俺が叱られるとわかっているから逃げたんだろう。

重い足を引きずるようにしてソファに座る父さんの前に行くと、テレビの電源を落とされて冷たい視線で縛られる。

が、いつものことだ。

「なんだ、この成績は。毎月毎月、同じことを言わせるな！」

「すみません」

抑揚《よくよう》なく謝罪の言葉を口にしたものの、これで解放されるとは思っていない。

「俊はこの時期、もう全国で三十位以内を取っていたぞ。なんだこの、千百五十六位というのは」

兄さんみたいな特殊《とくしゅ》な人間と比べられても困る。それでも反論すると罵声がひどくなっていくのを知っている俺は、ぐっとこらえた。

「すみません」

「バカのひとつ覚えだな。蓮見家の恥さらしめ」

これが始まると、どうやって意識をそらそうかと考え始めるのはいつものこと。

そうだ。梶川のことでも考えよう。

本当にアイツはなにを言いだすかわからなくて、だからこそ興味が湧く。今まで周りにいなかったタイプだ。

「こんなことでは医学部すらあやしい。なにを考えているんだ」

父さんの説教は続くけど、俺の頭の中は梶川でいっぱいになった。

そういえば、彼女の命が尽きるかもしれないと聞いて、動揺のあまりそれ以上突っ込まなかったけれど、なんの病気なんだろう。

あんなに元気で走り回れるのに、突然逝《い》ってしまう病気なんてあるんだろうか。

待てよ。そういえば三月二十六日の期限について聞き忘れている。

その日に彼女は俺を殺すと言っていたけど、どうして日時が指定されているんだっけ？

もしかして、彼女はその日に心臓が止まると知っている……？

まさか、そんなことがわかる人間なんているはずがない。命の期限を感じることはあっても、この日に死ぬとわかる人なんて。

「涼、返事をせんか！」

「あっ、すみません」

梶川のおかげで父さんの叱責をシャットダウンできていたが、それもまた叱られてしまった。

「お前、父親をバカにしているのか？」

父さんはテーブルを力まかせにドンと叩く。その瞬間、隣に立っていた母さんが一瞬顔をしかめたが、助け船を出してくれることは決してない。

母さんは医者として周りから尊敬される父さんのことをつねづね誇りに思っているようで、父さんの言うことに間違いはないと信じ込んでいる。

「いえ」

「涼。あなたは俊と一緒に蓮見家を背負っていくのよ。お父さんがあなたのためを思って必死になっているのに、その態度はなに？」

珍しく母さんまで口を挟んでくる。

だけど、言っていることは父さんと同じだ。

母さんも、父さんの顔色をうかがうような発言ばかりでうんざりだった。

返事をしないでいると、さらに母さんの叱責は続いた。

「蓮見家は代々優秀な医者ばかりなのよ。あなたがその歴史を途絶《とだ》えさせるなんて許されないわ」

許されようが許されまいが、努力してこれなんだからしょうがないだろ？

それに、蓮見家の歴史なんて関係ない。なに、古くさいこと言ってるんだ。

そんな気持ちが沸々と湧き起こるが、口に出さずにこらえた。

「返事もできんのか！」

口を開かない俺に、父さんの怒りの声が飛ぶ。

「お前など、蓮見家にいらんわ！」

怒り狂った父さんは、さらに語気を強めて俺をなじる。

その瞬間、俺の中のなにかが弾け、感じたことがない感情の高ぶりが襲ってきた。

「いらなくて、けっこうです」

「はっ？」

思えばこれが初めての反抗だった。

戦いたい。そう強く思った。

「俺は、俺は……」

『医者になりたいわけじゃない』と言いたかったのに言えなかった。それは、父さんが立ち上がり、殴りかからんばかりの勢いで向かってきたからだ。

「ふざけるな！」

「あなた！」

母さんが慌てて間に入ってくれたので殴られることはなかったけれど、父さんの目は見たことがないほどつり上がり、血走っている。

「誰のおかげでこうして生活できていると思っている！　思い上がるな！」

俺は父さんの怒鳴り声を背に、リビングを飛び出して自分の部屋へと駆け込んだ。

情けない。

戦おうと思ったのに、たいしたことはできなかった。

結局逃げただけ。

部屋のカギを閉めてベッドに横たわると、小さい頃の記憶がうっすらとよみがえってきた。忘れていた、記憶が。

俺が父さんに逆らわなくなったのは、あの日からだ。

一度だけ殴られた、あの日から――。


それはまだ幼稚園に通っていた頃の話。

兄さんは両親が希望していた私立小学校に通い、学級委員まで務めるという優等生ぶり。

一方俺は、彼と同じ名門幼稚園に滑り込んだはいいが、ひらがなや時計の読み方の練習が大の苦手だった。

それでも周りに合わせて頑張っていたつもりだ。

ところがある日、ひらがなの【れもん】を【わもん】と書いてしまい、先生に赤字で修正された。

【わ】と【れ】の違いはわかっていたのに、単純に書き間違えただけだった俺にしてみれば、とくに反省することもなく母さんにそれを見せた。

しかし、そのプリントを見た父さんは真っ青な顔をして俺を正座させ、叱責を始めた。

『〝わ〟と〝れ〟の違いもまだわからないのか！　俊はとっくに漢字を書き始めていたぞ。せめて他の子と同程度かと思いきや、最低ラインにいるそうだな』

『僕だって書けるよ。今日はちょっと間違っちゃっただけ』

必死の言い訳が火に油を注ぐ結果となった。

『口ごたえをするとは何事だ！』

そして一発バシッと平手が頬に飛んだ。

たしかにその幼稚園は、有名小学校の受験を目的として入園してくる子ばかりだったので、みんなひらがなは当然のようにすいすい書けていたし、英語が話せたりひっ算までできたりする子もいた。

そして兄さんはそういう子だった。

だけど俺は、長い間座っていることすら苦痛で、注意力が散漫《さんまん》になり何度も間違え、そのたびに先生から指導されていた。

そうとはいっても父さんに叩かれたのは初めてで、動揺で泣くことすらできなかったことは覚えている。

どうやらその日、幼稚園の先生から『このままでは希望する小学校には合格できません』という電話が入っていたらしい。

なぜ父さんがあれほど怒り狂ったのか、今なら少しわかる。

父さんは叱られる立場の人間ではなかったんだ。

蓮見総合病院のトップに君臨し、部下に檄《げき》を飛ばすことはあっても、自分が叱られることはない。

それなのに、出来の悪い息子のせいで注意を受けたことが、おそらく耐えられなかったんだろう。

しかし、そんなことを理解できるはずもない俺は、ただ叩かれた頬の痛さだけが心に刷り込まれ、父さんに意見することなど二度と許されないと思い込んだ――。

イヤな記憶がよみがえってきたものの、それからすぐに頭に浮かんだのは梶川の笑顔だった。

彼女に今日の話をしたらなんと言うだろう。

『頑張ったね』なのか『情けないわね』なのか。

前者だと思うのは、都合よく考えすぎだろうか。

しばらく心臓に手を置き考える。

もしもこの心臓を彼女に渡したら、彼女は俺よりずっと有意義《ゆうい ぎ》に使ってくれる気がする。

親の言いなりで『教師になりたい』というたったひと言ですら言えない俺は、この先もズルズルと流されて生きていく可能性が高い。

もし医者になれたとしても、優秀な兄さんと比べられ続け、その度に挫折《ざ せつ》を味わうんだろう。

そして、『医者になんてなりたくなかった』と心の中だけで叫び続ける、情けない未来しか見えない。

それに比べて、自分の知らないことを学べるのがうれしいからとあえて特進クラスに在籍するような梶川は、自分の希望する未来に向かって真っ直ぐに突き進む力を持っている。

彼女は花屋になりたいと目を輝かせていたが、きっとその夢を叶えるだろう。

それなら、心臓を渡す？

渡す方法なんてわからないけど、彼女が知っていると言うし。

そう考え始めると、鼓動《こどう》が速まり全身に鳥肌が立つ。

て。

怖いの、か？　消えてしまいたいと願い、命を絶つ方法をつねに考えていたくせして。

もしかして、本当は生きていたい？

『選んでいいんだよ』という彼女の声が頭の中でこだまする。

俺の決断に梶川の命がかかっていると思うと、呼吸が苦しくなるほどの緊張が襲ってきた。

「どうしたらいいんだ」

自分の気持ちですらわからないのに、彼女の気持ちまで気遣うなんてできるはずがない。

俺は頭を抱えて、しばし呆然《ぼうぜん》としていた。


翌朝は、両親と顔を合わせないように、昨日多めに用意していた菓子パンをかじってから家を飛び出した。

すると、駅で梶川のうしろ姿を見つけて妙にうれしい気分になる。

「梶川」

「あっ、蓮見くん、おはよー」

無邪気に手を振って挨拶を返す彼女を見ていると、昨晩のことを忘れられるような気がしてホッとした。

「珍しいね。いつもより遅くない？」

「あぁ……」

たしかに、いつもはあと十五分ほど早い電車に乗っている。でも今日は父さんと顔を合わせるのがイヤで、運転手が父さんを迎えにくるまで自分の部屋で待機していた。

「ね、目の下にクマができてるよ？　寝不足？」

彼女は近づいてきて、大きな目で俺の顔をまじまじと観察してくるから、妙に照れくさい。

「うん、まあ……」

「まさか、またお父さんに叱られた？　それで寝てないとか？」

適当にごまかしたのに、ズバッと切り込んでくる。

「そんなとこ。成績が振るわなかったんだ。けど、大丈夫。少しだけ前進したから」

結局、医者になりたくないとは言えなかったので、たいした進展はない。だけど自分としては、父さんに反論できたという事実に興奮していた。

「前進って？」

「もういいじゃん、この話」

胸を張って『前進』なんて言えるほどのものじゃないやと思ったら、急に恥ずかしくなってきた。

「ダメだよ。気になる男の子のことは全部知っておきたいんだから」

「えっ……」

梶川はそんなことをさらりと口にするが、照れくさくはないんだろうか。

さっきから、俺が必死に視線をそらす一方で、彼女の強いまなざしが突き刺さってくるのを感じる。

彼女は『気になる男の子』なんて大胆な発言をしているのに、動揺している素振りもない。言われた俺は、こんなにドキドキしてどう返したらいいのかわからないというのに。

「お、お前な、普通そういうことは言わないもんだぞ」

しどろもどろになりながら、なんとか言葉を吐き出す。

「普通なんて基準、誰が決めたのよ。これが私なんだからいいじゃない」

少し口をとがらせる梶川がいつも以上にかわいく見えるのは、好意を持ってくれているとわかったからというのも大きいのかも。

彼女は周囲から一目《いちもく》置かれるような存在で、恋愛においては自分とはまったく縁のない女子だと思っていた。

というか、この俺が恋について考える日が来るなんて思ってもいなかった。

だけど、あれほどはっきりと『片想い』なんて宣言されたら、誰だって気になるだろ？

そんなことをあれこれ考えて、目がキョロキョロと不自然に動く。

「そ、そう……」

彼女には押されっぱなし。

恋愛経験豊富なんだろうか？

ふとそう思うと、胸がチクリと痛んだ。

「それで、前進って？」

そっちの追及も容赦ない。

「ま、まあ……。ちょっと父さんに反論したら、思いきり叱られたというか……」

反論というほどのものではないんだけど。

「えっ、すごいじゃない！」

梶川の反応に胸を撫で下ろしている自分がいる。俺は間違っていないんだと。

「すごいと言うほどじゃないんだ。反論といっても、ひと言だけで」

彼女が目を大きくして白い歯を見せるので、申し訳なくなり付け足す。

「量はどうでもいいのよ。蓮見くんが前進できたことがすごいの。うわー、やったー！

めっちゃテンション上がる！」

「ちょっ……。だから、梶川が思ってるほどじゃないって」

あまりの喜びように冷や汗が出る。

しかももう一度念を押したのに、彼女はその後も「すごい」を連発している。

「恥ずかしいからやめてくれ」

「必殺褒め殺しだよ」

無邪気に笑う彼女は、走り込んできた電車に視線を送った。

なんだその必殺技は。くすぐったいけど……、イヤじゃないかも。

「褒め言葉って、人間のエネルギーの源になるんだよ。つらいときも苦しいときも、もう少し頑張ってみようかなって思える」

開いたドアからどっと人が出てきたのを横目に見ながら彼女は続ける。

なるほど、たしかにそうかもしれない。褒めたり褒められたりというのは、なかなか照れくさいものだけど、褒められてみると気持ちがいい。

「あっ……」

そのとき、降りてきたサラリーマンのカバンが梶川にぶつかり、彼女がよろけてしまった。

慌てて支えると、その腕の細さにハッとする。

女子の腕をつかんだことなんてないので、特別細いかどうかなんてわからない。だけど、彼女が本当に病《やまい》に侵《おか》されていて、近い将来逝ってしまうと直感して緊張が走った。

「ありがと」

「あっ、いや。梶川、平気？」

「うん」

はにかむ彼女は小さくうなずき、電車の中へと足を進める。

満員の車内で彼女にドアの手すりをつかませ、その前に立った。うしろからぎゅうぎゅう押されるせいで、まともに立っていることが難しくてドアに手をつくと、さらに押されて彼女までの距離が数センチになる。

「蓮見くん、大丈夫？」

「う、うん……」

押されることには慣れているのでまったく問題ない。でも、目の前に俺に片想いをしているという女子がいるのは初めてで、勝手に顔が熱くなっていく。

それでも、折れてしまいそうなほど華奢な梶川を守らなければと必死で、腕をプルプルさせながら踏ん張った。

だけど、次の駅に止まったとき、ブレーキの衝撃で体が大きく揺れて、とうとう彼女との距離がゼロになった。

「ご、ごめん」

「平気」

ちょっとはにかむ梶川に、妙にドキッとする。

すぐに距離をとったものの、鼓動《こどう》の速まりはなかなか収まらなかった。

電車が再び走りだしてもしばらくなにも話せず、なんとなく落ち着かない。なにか話題を……と思い、この際気になっていることを尋ねることにした。

「梶川。三月二十六日って……」

昨晩、もしかしたらそれが命の期限ではないかと勘ぐった。

一度はそんなことがわかるわけがないと否定したものの、あの日空から降ってきた彼女には常識なんて通用しないと思い直した。

緊張しながら聞いたのに、彼女は「あぁ」と屈託《くったく》のない笑顔を見せる。

「桜が満開になる日なのよ」

「桜？」

身構えていたのに、そんな答えで拍子抜けだ。

「そう。桜が一年で最も輝く日」

どこか誇らしげにそう話す彼女の表情からスッと笑みが消えたので、胸騒ぎがする。

「本当にそれだけ？」

その日に殺すと宣言されているのに、桜が満開になるという理由では納得できない。

「うん。女子は、きれいなものに目がないんだよ。あと、おいしいものも。ね、また
ワッフル食べにいこうよ」

話をそらされた気がしたけれど、この状況では根掘り葉掘り聞きだせない。

「甘いものは苦手なんだ」

「あはっ。クリームとメイプルシロップはＯＫなんでしょ？」

「まあね」

素知らぬ顔で返事をすると、彼女はいつまでも肩を揺らしながら笑っていた。

梶川は学校でも明るかった。
『褒め殺し』なんて俺に言ったが、彼女は誰かと話しているときに、必ず相手のいい
ところを探している。
「間瀬くん、さっきのシュートすごかったね」
彼女は体育のサッカーでシュートを決めた裕司を褒めている。
アイツはもともとサッカー少年だったので、シュートを一本決める程度のことはと
くに珍しくもない。だから俺は「やったな」と一緒に喜んだことはあれど、褒めたこ
となんて一度もなかったのに。

「おっ、見てた？　あの角度からは何気に難しいんだぞ。まー、涼には無理だ」

「悪かったな」

俺は特別運動が苦手なわけでもなく、どんな競技もそこそこできるものの、幼い頃から勉強のみを期待されてきたのでとくに秀《ひい》でているわけでもない。

「蓮見くんはいいのよ。だってほら、化学なんて完璧」

朝、また質問されて教えたノートを裕司に見せ、俺のこともさりげなく持ち上げてくれる。

「梶川さんは褒め上手だね」

どうやら裕司も俺と同じことを思ったようだ。

「だって、失敗したことは反省するじゃない。反省してるのにさらに叱られたら、気が滅入《めい》るでしょ？　だから私は怒るのはあんまり好きじゃないの。それより褒め合って楽しく過ごしたいなぁって」

「いいね、それ」

裕司は共感しているが、俺はドキッとしていた。

彼女がまるで『時間がないから楽しく過ごしたい』と言っているように聞こえてしまったからだ。考えすぎか。

「お前さ、梶川さんにちゃんと言ってる？」

「なにを？」

裕司が俺を肘で突っついてニタニタしているけど、いったいなんのことを言っているのやら。

「なにって、『かわいいな』とかさ……痛っ！」

速攻《そっこう》で足を踏みつけると、大げさなほどに痛がっている。

どうせ付き合っていると思い込んでいて、けしかけているんだろう。もし本当に付き合っていたとしても、余計なお世話だけど。

「間瀬くん、残念だけど私の片想いなの。でも、蓮見くんは優しいからちゃんと言ってくれるよ？」

「は……」

ちょっと待て。かわいいなんて言ったことあった？

しかも『片想い』とかそんな大きな声で……！

おかげで裕司だけでなく、周りが注目しているじゃないか！

「涼！　梶川さんの片想いって、おかしいだろ！　普通逆だろ」

たしかに、俺たちが付き合っているとしたら、俺のほうから告白してＯＫをもらったというパターンしか想像できないだろうな。

「……知らねぇよ」

「なに贅沢《ぜいたく》言ってんだ。このチャンスをモノにしなかったら、涼は一生誰とも付き合えないぞ」

俺もそう思う。

だけど、彼女は俺の心臓を狙っていて、事情がずいぶん複雑なんだ。

「間瀬くん、いいのよ。蓮見くんはツンデレなの。付き合ってなくてもふたりのときはすごく優しいし、一緒にいるだけで楽しいんだよ」

「あー。なんてこった」

裕司が梶川の発言に腰を抜かしそうな勢いで驚いてる。

「梶川、適当なこと言うな」

止めないと大変なことになる。

もうすでに何人もが俺たちを取り囲み、好奇の目で見ている。

「なーんてね。全部私の妄想《もうそう》。ごめんね、みんな」

ペロッと舌を出してみせる彼女を見てようやく安堵《あんど》の胸を撫で下ろしたものの、裕司はすこぶる残念そうだ。

「なんだ。本当だったら面白かったのに」

「あ、全部嘘じゃないけどね」

「えっ、どこまでがホント？」

「ってか、裕司、もうやめろ」

口を挟んで大きなため息をつくと、梶川はクスッと笑い「内緒」と言葉を濁した。

帰りの電車はまた梶川と一緒だ。

「お前、あんなこと言って、俺の心臓止まっても知らねぇぞ」

「止まらないわよ。止めさせないもの、私」

「ったく！」

どこまで冗談なのかわからない。

「それに、本当に嘘じゃないから。私が蓮見くんに片想いをしているのも、蓮見くんがたぶんツンデレなのも、ああして怒らせたのにこうやって一緒に帰ってくれるような優しいところがあるのも」

「怒らせた自覚はあるんだ」

嫌味たっぷりに言い返すと、「ごめんなさい」としおらしく謝ってくる。

「でもね、私だって青春ってのを楽しんでみたかったの。好きな人と付き合って、一緒に笑ってデートして。たまには『かわいいね』なんて言われて照れたりして……そんな」

彼女は一気にまくしたてたくせして、そこで止まってしまった。

「梶川、お前……。あの話、本当なの？」

本当に、心臓が止まってしまうのか？　俺の心臓を奪わなければ……死んでしまうのか？

「どの話のこと？」

俺は自分の胸をトントンと叩く。

「これの話」

「私ね、蓮見くんみたいに選べないの。もう、自分では選べないの」

「どういうこと？」

彼女が珍しく切なげな表情を浮かべるので、イヤな予感がする。

「でもね、ワッフルにするかケーキにするかは選べるよ？　ふふ」

「ごまかすなよ！」

大きな声が出てしまい、慌てて口を手で押さえる。すると彼女は目がこぼれ落ちそうなほど大きく見開いていた。

「ごめん。でも梶川は肝心《かんじん》なことは教えてくれない。いつだってこうやってごまかすじゃん。俺だって心配なんだ」

あんな妙な出会い方をして、『殺してあげる』とも言われたというのに、彼女のことが気になって仕方ない。

あれほど怖かったのに、今は消えてほしくないとさえ思っている。

「蓮見くん……」

初めて聞いた弱々しい声。

梶川は心なしか瞳を潤ませ、俺の制服のジャケットをつかむ。

「ごめん。泣かせたいわけじゃないんだ。梶川が笑ってないと俺も調子狂うし、お前の言った通り、楽しく過ごせるほうがいい」

彼女が降ってくるまで、俺の周りは真っ暗だった。

必死にもがいても、どこまで走っても光が見えないと知ったとき、もう生きていたくないと思った。だから毎日、どうしたら楽に死ねるかばかり考えていた。

父さんに叱られるのもつらくて、それなのに勉強は続けて医学部を目指すという矛《む》盾《じゅん》した生活を送る自分が情けなくて反吐《へど》が出そうで。

死ぬ気なら、勉強なんて放り出して好き勝手すればよかったのに。

結局、死ぬ勇気も父さんに歯向《とも》かう勇気もなかっただけだ。

そんな俺に、彼女は明かりを灯してくれた。

胸をえぐられるような厳しい発言はされたけど全部その通りだったし、彼女は俺の中に眠っていた勇気を叩き起こしてくれた。

まだ覚醒《かくせい》途中なので、たいした行動はできていないのが残念だけど――。

「蓮見くん」

「……うん」

「私も笑っていたいの。それに、蓮見くんにも笑っててほしい。ただ、それだけ」

やはり彼女は核心《かくしん》に触れない。

『自分では選べない』ってどういう意味か、俺にはちっともわからない。

だけど、言えない理由があるのかもしれないと思い、それ以上追及するのはやめた。

「梶川。明後日《あさって》……今度の日曜予定ある？」

「えっ？　とくにないよ」

「それなら、遊びにいこう」

『青春ってのを楽しんでみたかった』という彼女の願い事なら、俺にだって叶えられる。

それに、彼女と一緒なら俺も楽しい。

「塾は行かなくていいの？」

「うん。どこに行きたい？」

本当は、日曜は模試がある。だけどそれより、梶川と時間を共にすることのほうが俺には価値があることだと思えた。

また父さんに叱られるかもしれないけれど、かまいはしない。

「うれしいな。どこに行こうかな。迷っちゃうな」

彼女は本当に喜んでいるらしく、ちょっと興奮気味に頬を上気させている。

裕司に言わせれば、彼女のような人気者とふたりで遊びにいける俺のほうが喜ぶべきところだろうに。

やっぱり梶川は笑顔が似合う。そんな彼女を見ているだけで、俺まで幸せな気分になれる。

「今決めなくてもいいよ」

「そうだよね。うわー、眠れないかも」

「大げさな」

梶川のことを笑った俺だけど、きっと彼女以上に心躍《おど》らせていた。


土曜は、朝から夕方までずっと塾で過ごさなければならないが、いつもほど苦痛ではなかった。

あまり得意ではない古文の問題を解きながら、梶川はどこに行きたいと言うんだろうなんて考えてたりして。

彼女のことだから、ありきたりの場所ではないような気がしている。

「明日は九時半から模試を開始します。九時十五分には志望校の記入を始めるので、それまでに席についておくこと。今日は苦手な箇所の確認をしておくように」

塾の先生は毎回同じことを言って俺たちにハッパをかけるが、耳にタコができるほど聞いているので今さら効果もない。

シャープペンを筆箱に放り込んでバッグの中に突っ込むと、席を立った。

家に帰ったのは二十一時。

俺だけで遅めの夕食。父さんは書斎にこもっているらしく、平穏な時間だった。

父さんが書斎から出てくる前に食べ終わらなければと、ハンバーグを目いっぱい頬張り、ろくに噛みもせず飲み込む。顔を合わせれば決まってお小言が待っているからだ。

でも、食べ終わって席を立った瞬間、リビングのドアが開いた。

「ごちそうさまでした」

素知らぬ顔をして、父さんと入れ替わりでリビングを出ていこうとすると「涼」と呼び止められイヤな汗が出る。

俺は無視するわけにもいかず立ち止まった。

「はい」

「明日、模試だろう？　当然A判定が出るんだろうな」

その威圧的《いあってき》な言い方はなんとかならないのだろうか。もはや励ましではなく脅迫《きょうはく》だ。

がった。


「頑張ります」

「蓮見家の恥になる——」

「勉強しなければなりませんので、すみません」

説教が始まりそうになったので慌てて遮り、リビングを飛び出して階段を走って上がった。

するとと、ちょうど兄さんが部屋から出てくる。

互いに部屋にこもっていることが多く、朝食も夕食も時間が違うので、兄弟と言ってもコミュニケーションはほとんどない。

「またつかまってたのか？」

どうやらさっきの会話が聞こえていたらしい。

「まあ……。なぁ、兄さんは……医者になりたかった？」

思わず口から出た言葉に、彼は目を大きくしている。

「お前、他になりたいものがあるのか？」

そう尋ねられ、『うん』と言いそうになったが、黙っておいた。

すると兄さんは、俺をじっと見つめて「ふー」と小さなため息を落とす。

「なりたい、なりたくないなんて関係ないじゃないか。この家に生まれたらならないといけない。それだけだ。あきらめな」

彼は俺の肩をポンと叩いて、一階に行ってしまった。

梶川と真逆なことを口にした兄さんの背中を見て思う。これが蓮見家の常識なんだと。

小さな頃から医者以外の道を夢見ることすら許されず、小学校受験の面接の練習では『お医者さんになりたいです』と何度も言わされた。

だけどこの常識が、本当はただの思い込みだと教えてくれたのが梶川だ。

それから俺は自分の部屋に行き、ベッドに寝転がって考える。

兄さんは『ならないといけない』と言ったけど、いったい誰が決めたんだ。父さんだろ？

だとしたら、その父さんを倒せたら……自由になれるのかもしれない。

少し前まで——梶川に出会う前までは、好きなように生きられないのだから、いなくなってしまいたいと思っていた。だけど今は、自分の決めた道を歩きたいと気持ちが変化してきている。

「梶川の、おかげか……」

俺を殺そうとしている彼女に感謝するなんて、なんだか変だ。でも、事実そうなんだから仕方がない。

「明日……」

カーテンを開けっぱなしにしてある窓から夜空を眺めると、いつもより多く星がきらめいているように感じるのは、心に余裕ができたからだろうか。

模試をすっ飛ばすという、俺にしてみればとんでもないことをしようとしているのに、むしろ心が弾んでいる。

「おやすみ、梶川」

空に浮かんだ彼女の笑顔に語りかけたあと、風呂の準備を始めた。

翌朝は、模試の時間に家を出た。日曜の今日は父さんも家にいて、捕まったら梶川のところに行けないからだ。

「いってきます」

「涼、頑張るのよ」

母さんの励ましも『蓮見家の名誉のために』という言葉が見え隠れしていて、素直に受け取れなくなっている。

小さくうなずき玄関を出ると、スーッと息を吸い込んだ。

今日は天気がいい。だけど朝は冷える。

紺《こん》のダッフルコートを羽織ってきたけど、無防備な指先が凍りそうだった。

梶川と待ち合わせをしている駅構内の大きな時計の前は人だかりができていて、辺りを見回したものの彼女を見つけられない。

「早いか」

約束は九時半。まだ十五分ある。

冷たくなった指先に息を吹きかけて温めたあとスマホを取り出すと、「いた！」と彼女の声がした。

「蓮見くん、おはよ」

「おはよ。早いね」

梶川は真っ白なコートを羽織っていて、寒さのせいか頬と鼻が赤く染まっている。

「だって、楽しみすぎて早起きしちゃったんだもん」

感情をストレートに出す彼女がうらやましい。

だけど『楽しみすぎて』なんて言われると照れくさくて、「そう」と返すのが精いっぱいだ。

「あれ、蓮見くんは迷惑？」

素っ気ない返事しかできなかったからか、鋭い突っ込みが入りタジタジになる。

「ち、違う」

「それじゃあ、笑って？」

彼女は冷たい手で俺の頬をつかんだ。

「わかったって！」

やっぱり冷たい言い方になってしまうのは、梶川がいつも不意に触れてくるから。

俺はそんな技を習得していない。

「もー、私はこんなに楽しみにしてたのに。ま、いいや。私ひとりで楽しんじゃうもんね」

頬が緩みっぱなしの彼女を見ていると、俺にもそんな表情ができるんだろうかなんて考えてしまう。

「だから。俺も楽しみだったよ。けど、笑うのは苦手なんだよ」

これだけ伝えるだけなのに視線を合わせられないなんて、小っさいな俺。

「なーんだ。よかった。うん、蓮見くんが笑うのが苦手なのも素直じゃないのも知ってるよ」

「素直じゃないは余計だろ」

「だってそうでしょ」

彼女はおかしそうに噴きだしている。

その通りで、ぐうの音も出ない。

「それじゃあ今日の目標は、蓮見くんが笑えるようにすること」

「そんな目標いらないって」

「ダーメ。決めたの」

キラキラした笑顔っていうのはこういうのを言うんだろうな。

「ね、行こう」

「あっ、ちょっと……」

梶川は俺の腕をつかみ改札へと向かう。華奢なくせして力強いのには驚くばかりだ。

「で、どこに行くんだよ」

定期をかざしてとりあえず改札を抜けたものの、どこに行くのか聞いてない。

「そうだった。あのね、植物園」

「植物?」

予想もしていなかった行き先だった。でも花屋になりたい彼女らしいのかも。

「うん。今日は寒いし、ちょうどいいと思うの」

「寒いとちょうどいい? ……あっ」

なるほど。植物園には大きな温室があるんだ。

「蓮見くん、興味ない?」

「植物園でいいよ。俺、もう指先の感覚ないし」

手を握ったり開いたりしながら伝えると、ホームで立ち止まった梶川は、うつむき加減で口を開く。

「あっ、あのね。その……お願いが」

なんだろう。いつもはズバズバ発言する彼女らしくない。

「うん」

「私、デートっていうものに憧れてて、今日一日だけ彼氏になってくれない？」

顎《あご》が外れる三秒前だ。彼女は本気で俺のことが好き、なの？

「彼氏って……」

だって、あのイケメンの北村先輩を振ったんだろ？　それなのにこんな、俺？

「お願い。別に特別なことはしてくれなくていいから、いつも通り仲良くしてくれれば。あとは私が妄想《もうそう》でカバーする」

「妄想ってどんなだよ」

梶川はいつも突拍子もないことを言いだすので、思わず口元が緩む。

「でも、手をつないだりとか、『瞳子』って呼び捨てしたりとかしてもらえると最高なんだけど」

呼び捨てにしてほしいって、そういえば前にも言われたな。

両頬を手で押さえてひとりで盛り上がる梶川が妙に幸せそうなので、乗っかってもいいかな？なんて思う一方で、ハードルが高すぎると感じる。

だって、手をつないで呼び捨てするとか、マンガの世界だろ？　いや、みんなしてるものなのか？

どこかに初心者のための恋愛マニュアル、売ってないだろうか？

こんな経験まったくないので、動揺を隠せない。

「ねぇ、ダメ、かな？」

ちょっと上目遣いで甘えた声。

なんなんだ、これ。もともと美人の梶川が、三倍増しでかわいく見える。

こんなことを繰り返していると、彼女の狙う心臓がそのうち破れちまう。

「わ、わかったよ。それじゃ」

これはもうすぐ心臓が止まってしまうかもしれない梶川の願望を叶えるためだ。なんて自分に言い訳をしながら覚悟を決めて、彼女の手を握った。

冷たいな。俺の手よりずっと冷たい。

だけど、瞬時に顔が火照ってきたのがわかる。女子と手をつないだなんて初めてだ。

梶川の反応が気になって、目だけを動かして様子をうかがうと、珍しく照れたようなはにかみを見せる。

「あ、ありがと。ちょっと照れるよね、これ。で、『瞳子』ってのは？」

「それは無理」

さすがに呼び捨てするなんてできない。いや、もしかしたら手をつなぐほうがハードルが高い？

こういうことはちっともわからない。やっぱり俺にはマニュアルが必要だ。

「えー、残念。それじゃあ『涼くん』って呼んでいい？」

「ま、まあ……」

なんて言いながら、心臓がドクドクと暴走《ぼうそう》を始める。

「それじゃ、気が向いたら『瞳子』もお願いね。電車来るね」

かすかにカタンカタンという音が聞こえてくる。

冷静に見える梶川の耳が赤いのは、寒さのせいだろうか。

いつもは穴が開くほど俺の目を見つめてくるのに、さっきから視線を合わせようとしない。

電車はそれからすぐに滑り込んできたが、俺はつながれた手に意識が集中してしまい、他になにも考えられなくなった。

植物園までは電車で三十分。

少し混雑気味の車内でドア近くに並んで立つと、彼女は笑顔を絶やすことなく話し続けた。

「温室の中にはバナナもあるしマンゴーも、パッションフルーツもあるの。あれ？　私、食べ物ばかりだね」

いつもより口数が多いのは、気分が高揚《こうよう》しているから？

「あはは。腹減ってる？　でも、南国って感じだね」

「お腹は空いてないけど、食いしん坊なのよ。でね、他にはサボテンもいっぱいあるし、睡蓮《すいれん》もあるの」

「よく行くの？」

ごく自然な流れで質問をしたつもりだったのに、彼女はなぜか挙動不審《きょどうふしん》になり、視線をそらした。

「えっと、ううん。すごく久しぶり。小さい頃はよく行ってたかな」

突然テンションが下がった梶川のことが心配だった。もしかして余計なことを聞いたのか？　俺。

「梶川。俺、女子と話すの得意じゃないから、変なこと言ったら怒っていいよ」

「えっ？　別に変なことなんて言ってないよ」

彼女が笑顔を作ってみせるので、胸を撫で下ろす。

「梶川って、なんで俺みたいなのにくっついてるんだ？」

「そりゃあ、欲しいから」

真顔で自分の胸をポンポンと叩く彼女は、どこまでもブレない。

そういう設定で俺をからかっているに違いないと思うこともしばしばだけど、これは事実なんだと感じることもあり、そのたびに混乱している。

「そうだとしても、俺の心臓が欲しいだけで別に彼氏じゃなくてもいいだろ？　北村先輩を振っておいて俺って、なかなか変わり者だぞ」

「涼くん素敵だけど」

平然とした顔でそう言い放つ彼女に目を見張る。

「ど、どこが!?」

父さんの言いなりになって、教師になりたいと言いだせない俺のどこが素敵？

「真面目なところかな」

「真面目なら、模試をさぼって植物園なんて行かないよ」

「えっ！　今日、模試だったの？」

今度目を大きくしたのは梶川のほうだった。

「まあ……」

「そっか。私はてっきり、塾を一日さぼったくらいかと。それでもすごいと思ってたんだけど……。ね、今から戻れば、模試間に合う？」

彼女は腕時計をチラリと視界に入れて焦った様子だ。

「間に合わないし、今日は行くつもりないよ」

「でも！」

梶川は俺のコートをつかみ、必死の形相。

彼女が俺より取り乱すなんて予想外だった。

「梶川が言ったんだぞ。戦えって。そんな気分なんだよ」

一度や二度模試をさぼったからといって、大学受験を失敗すると決まったわけでもないし、戦うと言うほどのものでもない。

これは父さんへの意思表示なんだ。あなたのロボットではないという、俺の。

「涼くん……。ごめんね。私が余計なことを言ったから、またお父さんに叱られちゃう」

それなのに彼女は、泣きそうな顔で謝る。

そっか。俺がいつも叱られてうんざりしていることを知っているから、心配しているんだ。

「余計なことじゃないって。そんな顔すんなよ。平気だよ。心配いらない」

俺は彼女の手を『大丈夫だよ』という意味を込めて、強く握りしめる。すると彼女は眉間《みけん》にシワを寄せて、なにか言いたげに俺を見上げた。

「俺、梶川と出会ってから変なんだ」

「変って？」

「うまく言えないんだけど……。生きるという選択を考え始めたというか……」

彼女が降ってくるまでは、永遠に首を絞められているような苦しさに耐えかねて、とどめを刺してほしいとか自分で終わりにしたいとか、そんなことばかり考えていた。

でも今は、どうしたら絞めてくる手を振りほどけるのかとか、逃げる方法はないのかとか、思考が別の方向を向きだしているように感じる。

「そう。それはよかった」

彼女の笑みが戻ってきてホッとしたものの、安易《あんい》な発言を後悔した。

もしも梶川の話が本当なら、俺が生きて彼女は死ぬということだから。

「ごめん。えっと、そうじゃなくって、あの……」

「なに焦ってるの？　涼くんが元気になるのは大歓迎だよ」

「けど、これがいるんだろ？　俺が生きてたら困るじゃん」

自分の胸を押さえて問いかけると、梶川は「そうだね」とあっけらかんとしている。

「もちろん、心臓はまだ狙ってる。でも私、笑ってる涼くんが好き」

「梶川……」

「せっかく模試をさぼったんだもん。今日は難しいこと考えずに楽しもうよ」

彼女はちょっと首を傾げて「ね？」と念を押してくる。

その姿にドキッとしたことは、恥ずかしくて言えない。

「私ね、こうやって手をつなぐのが大好きなの。パワーをもらえるっていうか……。愛を感じるとね、踏みとどまれたりするの」

「踏みとどまる？」

『愛を感じる』なんて言われて照れくさいけど、それよりあとの部分が気になる。

「うん。別の世界に行かないように、ね」

『別の世界』ってもしかして……死後の世界のこと？

「それじゃあ、こうして手をつないでいれば心臓が止まらないってこと？」

「ううん。単に心の問題よ。物理的には、無理」

どうしてそんなに残酷《ざんこく》な話を平然と口にできるんだろう。

やっぱり、どちらかしか生き残れないということじゃないか。

「梶川。俺……」

そのあとなにを言おうとしたのか、自分でもわからない。

彼女が心臓を欲しくても、『あげる』と軽々しく言えない。

「ねぇ！　涼くん、顔が険しいよ。今日は楽しむんだから、ね？」

俺の腕を揺さぶって微笑む彼女に、うなずいた。


植物園は寒さのせいか人も少なく、俺たちは入口から温室までの十分ほどの道のりをゆっくり歩く。

花といえばやはり春。冬は木々も葉を落として冬眠しているかのよう。

「冬はやっぱり花が少ないね」

ボソッと漏らす梶川は、歩道から少し外れていく。

「どうした？」

「見て！　椿《つばき》が咲いてる」

彼女が見つけたのは、青みがかった赤色の花びらを持つ見事な椿の花。

「鮮やかだね。こんなに寒くても咲くんだ」

「うん。椿は真冬でも咲くの。散るときは、花びらが一枚ずつじゃなくて、花ごと落ちるって知ってる？」

「聞いたことあるかも。たしかこれとそっくりな花があって……」

「うん、山茶花《さざんか》だよ。でも山茶花は花びらが一枚ずつ落ちていくの」

花屋になりたいだけのことはあってくわしい。

「椿はきれいなまま散っていくんだよね……」

彼女は椿に触れ、しみじみとつぶやく。それを聞くと、『私もこのまま散る』と言われた気がして鼓動が速まるのを感じた。

「花ごと落ちちゃうから縁起が悪いなんて言われることもあるけど、椿は冬も枯れない常緑樹《じょうりょくじゅ》だから長寿《ちょうじゅ》を意味することもあるんだって。ものは考えようよね」

なるほど。

それなら梶川も、長生きできる？

きれいなまま落ちるんじゃなくて、冬も耐え忍びずっと生きていればいいじゃないか。

「梶川は……なんの病気なの？　俺から心臓をもらう以外に生きる道はないの？」

そんなことを考えていたから、ふと口をついて出てしまった。

「そうね。ない、かも」

——ぽとん。

「あ……」

そのとき、目の前で椿の花が一輪落ちたのでドキッとする。

切なげな表情を浮かべる梶川は、しゃがんでそれを手にのせた。

「心配してくれてありがと」

「なぁ、手術とかできないの？　なんなら父さんに頼んで、いい医者を紹介してもらうから」

あんなに父さんのことが嫌いなのに、梶川のためなら頭を下げてもかまわない。

命に限りがあるのなら早く手を打つべきなのに、どうして今まで父さんに相談しようとしなかったんだろう。

あぁ、そっか。どうしても彼女が死にゆく姿が思い浮かばないからだ。

もしかしてと思う瞬間はあっても、俺をからかっているだけというほうに気持ちが傾く。

だけど最近は、彼女が言っていることが本当なのではないかと思い始めていた。

「涼くんはやっぱり優しいや。自分の心臓を狙っている相手を心配するなんて。ね、詐欺《さぎ》に引っかからないようにね」

彼女はクスッと笑ってごまかすけれど、俺は真剣だった。

「梶川。ちゃんと教えて」

もう一度尋ねると、彼女は目をキョロッと動かしたあと、俺と視線を合わせる。

「驚かない？」

「そんなの内容による。っていうか、たぶん驚く」

「あはっ、正直」

彼女の心臓が必要な理由をきちんと聞いたら、嘘かもしれないという気持ちが残っている俺は間違いなくうろたえるだろう。

でも、聞かなければ治療の手立ても見つからない。

「じゃあ、今日の帰りまで待って」

「えっ？　……うん」

今は植物園を楽しもうということか。

納得した俺は、再び梶川と温室に向かって歩き出した。

――今度は俺からすすんで彼女の手を握って。

こんなことで彼女がうれしいなら、いくらでもする。いや、本当は俺が握っていたいのかもしれない。

彼女が消えてしまわないように。

ほどなくして到着した温室は、コートを着ていると暑いくらいだった。

手慣れているのか彼女は自分の白いコートと俺のダッフルコートをロッカーに預けて、身軽になってから歩き始める。

梶川の白いコートの下は、淡いピンクのセーターと膝上十センチくらいのスカート。フレアスカートは紺地に小さな花がちりばめられた、花屋になりたいという彼女にぴったりのデザインだった。

制服姿しか見たことがなかったので、とても新鮮。

というか、妙に恥ずかしくなって、一瞬顔を背けた。

「ん？　どうした？」

「いや、そんな恰好《かっこう》もするんだなって」

「そういうときは『かわいいね』って言うんだよ」

え……。

そんな指摘に固まる俺を笑う梶川は、「かわいい彼女とデートという設定だし」と、おかしそうに頬を緩める。

「涼くんだって。制服姿しか知らないから、なんかちょっとうれしい」

どうしてうれしいんだ？

俺は黒のクルーネックセーターにジーンズという、おしゃれのかけらもない姿なのに。

梶川と一緒にいると、今まで自分が持っていなかった感情に触れることができる。

「食べ物探索《たんさく》に行こう」

彼女は満面の笑みを浮かべ俺を引っ張った。

『食べ物』と言っても植物のことで、最初に見たのはバナナ。

「おぉ！　これこれ。バナナの木は写真でしか見たことがなかったから、なんか笑える」

スーパーに並んでいる黄色いバナナではなく、まだ緑色のバナナが花のように束になり、木になっている。

「バナナの木って、ホントは木じゃなくて草なんだよ」

「草？」

幹の高いところに実がなっているように見えるのに。

「うん。木かどうかは、年輪があるかないかで見分けるんだって。バナナにはないから草なの」

こんなこと、俺が持っているどんな参考書にも載ってない。

「へぇー。よく知ってるんだね」

「小さい頃よく図鑑を読んでて、それで知ったの」

小さい頃から植物好きだったんだ。花屋になりたい気持ちを今でも貫いているのがすごいな。

俺は早々に夢をあきらめたというのに。いや、あきらめるというより、抱いてはいけないと自分に釘を刺していた。

「あっ、パイナップル！　独特の実のなり方だよね」

つい大きな声が出る。

今まで植物園が楽しいと思ったことなど一度もなかったが、ワクワクする気持ちを抑えきれない。俺を笑えるようにするというミッションは、早々に達成している。

俺が指さしたパイナップルは、長い葉から伸びた茎《くき》の上にドンとのっかっているように実をつけている。

これまた知識だけはあったけど、実際に見たのは初めてだった。

「うんうん。私も最初はヤシの実みたいになるものだと思ってたよ。実はね、北海道に生息するコシカギクという小さい花……っていうか雑草は、パイナップルの香りがするんだって。これも図鑑で読んだだけでにおいを嗅《か》いだことはないんだけど」

次々と飛び出す彼女の知識にびっくりだ。

「やっぱり、梶川は花屋に向いてるね」

さすがにバナナやパイナップルは花屋にはないけど、植物への愛が伝わってくる。と、思ったままを口にしてから〝しまった〟と後悔した。

俺の心臓がなければ逝くしかないという彼女に、未来の話をするなんて、と。

「でしょー」

それなのに梶川は、表情ひとつ崩すことはない。

動揺する俺に気づいて安心させようとしたのか、わざわざ視線を合わせてにっこり笑う彼女は、なんて強いんだろう。

「甘いものが苦手な涼くんに提案！　ここで採れたバナナを使ったパフェがあるんだけど……」

「おっ、いいね」

「食べられるかな？」

「うーん、甘いのはちょっと苦手だけど、ほどよくクリームがのってればＯＫ」

俺がそう伝えると、彼女はプッと噴き出している。

「ちょっとだけ苦手だもんねぇ。それなら大丈夫だよ。砂糖をドバッとかけてあるわけじゃないから」

俺が甘党だと知っていてクスクス笑い続ける彼女は、「こっち」と腕を引っ張る。

その先にカフェでもあるのかと思いきや、店舗の形跡《けいせき》は残っているもののドアは閉《へい》鎖《さ》されていて、倉庫のようになっている。

「あ……」

「ここだったの？」

固まる彼女の横で漏らすと、肩を落とした。

「そうよね。私が来たの、もう十年近く前だもん」

「え!?」

くわしいので、いつも来ているのかと思った。

「あれ、貼り紙がある」

ドアのところに少し茶色く変色している紙が貼ってあるのを見つけた彼女は、俺から離れて駆けていくと、笑顔を見せた。

「よかった、移転して営業してるって！」

よほどうれしかったのか声を弾ませる梶川を見て、俺もテンションが上がる。

「よし、行こう」

梶川のところまで行き、手を握る。すると彼女は穏やかな表情で俺を見上げた。


梶川おすすめのチョコバナナパフェは想像より大きなサイズだった。だけどふたりともペロリと平らげ大満足。

「ちょっと甘すぎだな」

「ふふふ。めちゃくちゃ食べるの早かったじゃない」

俺がわざとおどけてみせると、彼女が突っ込みを入れてくる。

「好きな物を、好きなときに、好きなだけ食べられるって幸せー」

そうしみじみとした様子で吐き出す彼女のことが心配になる。

「食事制限があるの？」

今のところそうは見えないけど。

「うーん。どうかな」

また濁された。

だけど、帰りに教えてくれると言っているのだから、これ以上聞かないことにした。

それから珍しい種類のサボテンや食虫花《しょくちゅうか》まで見学して大はしゃぎ。

植物園もなかなか捨てたもんじゃない。長い間訪れなかったことを後悔するほどだった。

いつの間にか模試をさぼったことも忘れ、目いっぱい今を楽しんでいる。あとでどれだけ叱られてもかまわないと思うほどに。

「梶川、疲れてない？　平気？」

「大丈夫だよ。ありがと」

なにかしらの病気を抱えているのならもっと気遣ってやらなくてはと思ったけれど、彼女は首を振る。

とはいえ心配で、温室の中にあったベンチに誘った。

「楽しいと、面倒なことはなにもかも忘れちゃうよね」

「そうだね」

目の前にある大きなヤシの木を見上げながらそう口にする彼女に深く共感。模試のことだけでなく、日々の鬱憤《うっぷん》も忘れられている。

毎日毎日、医者になりたくないと呪文《じゅもん》のように唱えていたのが嘘みたいだ。

「外も、もっと回れるとよかったな」

寒い上にあまり花も咲いていないので、広い園内を一周する気にはなれない。

俺がふと漏らすと、梶川は口を開く。

「そうだね。今は花も少ないけど、みんな眠っているだけなんだよね。春になったら一気に輝きだすの」

「眠って……」

たしかに、葉が落ちてしまった木々も、春になったら花を咲かせたり若葉色《わかばいろ》の生命力あふれる葉をつける。枝の下でじっと、花を咲かせる日を待っているんだ。

「涼くんもそうなんじゃない？　今までは冬眠してただけでいつか花を咲かせるために努力を重ねて……」

「えっ？」

思わぬことを指摘され、目が大きくなる。

「どんな花が咲くのかな。楽しみだね」

そして彼女のひと言にドキッとした。

俺が咲かせたい花は、どんな花なんだ？　それを咲かせることが今からできる？

ふとそんなことを思い、目が泳ぐ。

「意外な花でもいいんじゃないかな。ほら、パイナップルもバナナも意外なことだらけでしょ？」

「意外な……」

梶川は、医者にならなくてもいいと言いたいんだろうか。

そんな助言をしてくれた人は、今までいない。

俺の考えを根底から揺るがすようなことをあっさりと言ってのける彼女は、深刻そうでもなく、それどころか笑みまで浮かべている。

〝ただ思ったから言っただけ〟というような軽さに、なんとなく俺は救われた。

医者以外の道を選ぶことは、本当はそれほど難しくないんじゃないかと。

「涼くん。その心臓、どっちにしても限りがあるの」

「限り……」

いつかは止まるということ？

「そう。最後の瞬間まで持っているのは、涼くんかもしれない、私かもしれない。でも、いつかは動かなくなる」

梶川がかすかに浮かべる笑みが、ひどく悲しげに見える。

『私かもしれない』と言いながら、もうあきらめているような。

「それなら、やっぱり後悔しないように生きたほうがいいじゃない。心臓が止まる瞬間『あぁ、楽しかった』って言えたら幸せでしょ？」

俺の心臓をもらえなければ、近い将来、死が待っている彼女の発言が重く心に突き刺さる。

梶川はそんなことを考えて、今を生きているんだろうか。

このデートも、憧れを叶えるためのもの。

着々と死への準備を始めている気がして、胸が苦しくなる。

「梶川、あのさ……」

「もー。今日はデートなの。そんな顔しない」

彼女には心の中をいつも見透かされている気がする。今だって、俺が考えていたことを全部わかっていて、そう言っているような。

「ねぇ、この際だから胸にしまってあること全部言っちゃおうよ。私は断然彼氏の味方だから、余計なことは誰にも漏らしたりしないよ。ね？」

大きな目をクリクリさせて俺の顔を覗き込み、彼女は微笑む。

「彼氏って……」

「だってそういう妄想中なんだもん。好きな人のことは、全力で応援したいんだよ。涼くんもそうでしょ？」

好きな人……。

彼女にそう言われ、最初は驚きと戸惑いばかりだったけど、今はちょっと心地いい。

俺も梶川を応援したい。

それが〝好きな人〟だからなのかは、まだよくわからない。でも、彼女には幸せでいてほしい。

彼女の発言は、南条先生と同じように俺を何度もどん底から救い上げる。

やっぱり俺も、そういうことができる人間になりたい。

「俺……本当は教師になりたいんだ」

とうとう言ってしまった。心の奥のほうに小さくたたんで、誰にも知られないように気をつけてきたのに、彼女には伝えたくなった。

「そう！　素敵な夢じゃない」

彼女が興奮気味に目を輝かせるのを見て、少し驚いた。

本来望まれている道とは違うのに、『素敵』と言われるなんて思ってもいなかったから。

俺は梶川の顔を見つめて言葉を続ける。

「……小学生のとき、俺の苦しい気持ちに気づいてくれた先生がいたんだ。母さんはその先生のことを『ハズレ』なんて言ってたけど、俺は初めて自分の気持ちを理解してくれた先生のことが大好きで」

あの一年間は、本当に楽しかった。

生まれながらに決められた道を進むために、それまで自分のやりたいことなんてひとつもできなかった。

『友達と遊びたい』というひと言ですら、呑み込んでいた。

いつも両親の顔色をうかがい、必死にあがいていたのに足りないと責められ、もうどうしていいかわからなくなっていた。

そんなとき、『蓮見は偉いなぁ』と褒めてくれた先生は、絶望しかなかった俺にとってやっと見えた一筋の光だった。

南条先生がいなければ、この心臓はもうとっくに止まっていたかもしれない――。

「いい先生だね」

「うん。俺、いつかその先生みたいな存在になれたらって。なにかに苦しんでいる子供たちに『味方はここにいるよ』って伝えてあげたいんだ。俺はその先生に救われたから」

南条先生のことを思いだしたせいか、感情が入りすぎて目頭が熱くなる。

それ以上しゃべると涙がこぼれる気がして口を閉ざすと、梶川の瞳まで潤んでいることに気がついた。

「いい出会いだったんだね。涼くんなら大丈夫だよ。その先生みたいになれる」

彼女の声が震えていて、決して気休めにいい加減なことを言っているわけではないとわかった。

「なれるか、な。俺、自分の意見ですら主張できないのに」

「それは今の環境のせいだよ。涼くんは、心が痛いという経験をしているもの。そういう人は、他人の心の痛みにも気づけるんだよ」

そっか。南条先生も、もしかしたら思い悩むことがあってそれを乗り越えてきたのかもしれない。

「気づけるのかな……」

「もう気づいてるじゃない」

梶川が真剣なまなざしを俺に向けるので、ドキッとする。

〝私の心の痛み〟とでも言いたげな彼女は、しばらく視線を外そうとしない。

彼女をどうしたら救ってやれる？　もっと彼女のことを知らなくちゃ、どうにもできないよ。

「梶川は――」

「ね、やっぱり小学校の先生がいいの？」

俺の発言を遮る彼女は、口元を緩めてみせる。

〝今は深く追及するな〟って意味なのかな。

「うん。大人になるってことは、いろんな選択を繰り返すってことだと思うんだ。将来どんな方向に進みたいかで、どんな学校に通い、なんの教科を選択して……そういうことを繰り返して今があるだろ？」

俺がそう言うと、彼女は大きくうなずく。

「小学生のうちはまだその選択が無限にあって、ワクワクできたと思う」

俺にはそれが許されなくて、道が一本に絞られていたわけだ。

「たしかに。あれもしたいこれもしたいって、たくさん可能性があるんだって思える頃だよね」

彼女は遠くに視線を送り、しみじみと口にする。

「そう。そんな時期に大人がいろんな制限をかけるのはよくないと思うんだ。その子の個性も可能性もつぶしてしまう気がして。だからそうならないように子供たちを支えたいなって」

ただの理想論で、実際は難しいのだろう。南条先生が力を尽くしても、俺の両親は先生のことを疎《うと》ましく思うだけでまったく変わらなかった。

だけど、先生は少なくとも俺の気持ちを動かした。自分もそんな大人になりたいって……。

「うん、絶対向いてるよ。私、そんな先生に出会いたいもん。へぇー、蓮見先生かぁ」

頬を上気させ大きな目をさらにクリクリさせて笑みを浮かべる梶川を見て、俺まで気分が上がる。

彼女は周りの人を幸せにする女の子だ。

いつだったか『褒め言葉って、人間のエネルギーの源になるんだよ』と口にした彼女は、いつも周りの人のいいところ探しをしている。

だから俺が自分の気持ちを吐き出して夢を語っただけで、こんなに持ち上げてくれて。いや、本気で『向いている』と言っているだろう彼女のおかげで、俺にもできるかもしれないなんて自信が芽生え、勇気が湧いてくる。

そこまで考えたところで、俺はまったく死にたいという気持ちがなくなっていることに気がついた。

だったら俺は、梶川になにをしてやれる？

この心臓を彼女に差し出せば、花屋になりたいという夢は叶うかもしれない。だけど俺の教師になりたいという夢は途絶えることになる。

「蓮見くん、どうかした？」

「ううん、なんでもない」

梶川とふたりで生き残る方法はないのだろうか。そもそも彼女の話がでたらめだったらいいのに。

それから俺たちは、再びコートを羽織って温室を出た。

出るとすぐに耳が痛くなるような寒さだったが、温室の暖かさ以上に、心がぽかぽかしている。

「涼くん、温室どうだった？」

「意外に楽しかった」

梶川と一緒だからだな、きっと。

「でしょー」

どや顔でそう言う彼女の手を、いつの間にか握っていた。

「涼くん、お昼ご飯食べよ」

大きなパフェを食べたので十四時になった今もさほどお腹は空いていない。

でも、このまま帰るのがもったいなくてうなずいていた。

「レストラン、あったたっけ？」

俺が入場したときにもらった案内図をポケットから出すと、梶川は「こっち」と手を引っ張る。

「知ってるの？」

「うん、昔来たことがあるの。まだあるかな」

彼女は迷うことなくずんずん進む。すると、小高い丘の上に、ログハウス風の建物が見えてきた。

「よかったぁ。ここはまだやってた」

さっきパフェを食べた店が移転していたからか、ホッとした様子だ。

しかも、うれしそうに頬を緩める彼女には、もしかしたらなにかいい思い出があるのかもしれない。

さっそく店内に足を踏み入れると、閑散《かんさん》期だからか店内は空いていて、すぐに席に案内される。

大きな窓からは園内を一望できて、デートスポットとしては最適かもしれないなんて、ふと考えた。

それからそれぞれに注文するものを悩み出す。

「和風ハンバーグも捨てがたいし、スパイシー唐揚げもいいなぁ」

梶川が何度もページをめくりながら、子供のように目を輝かせているのがおかしい。

「涼くんは？」

「俺は、サイコロステーキ」

「それじゃ私は、煮込みハンバーグ！」

やっぱり迷っていたメニューとは違うものに決める彼女を見て、噴き出す。

「和風はどうした？」

「こっちのほうがおいしそうに見えてきた」

梶川もツボに入ったのか、肩を揺らして笑っている。

店員に注文を済ませるとすぐにセットのスープが運ばれてきて、俺たちはそのカップで手を温めた。

づいていた。


「ちょっと寒かったね」

「うん。風があったからね」

そう言いながら、彼女とつないでいたほうの右手が左手よりずっと温かいことに気
朝はあんなに恥ずかしかったのに、離した今は手が寂しい。

「今度は暖かくなってから来る？」

何気なく口にすると、梶川は目を真ん丸にして俺を見つめる。

「デートのお誘い？」

「あっ、いや……。まぁ」

「ふふっ、うれしい」

彼女がはにかむので、俺のほうが照れてしまう。

恋をするって、こういうことなのかな。

「そういえば、模試をさぼって、塾から家に連絡いかないの？」

「いってるだろうね。無断欠席だから」

普通の顔をして返事をすると、彼女は「ねぇ！」と身を乗り出してくる。

「なに？」

「なにって……どうしてそんなに落ちついてるの？　成績がちょっと悪いだけで叱ら

れるんでしょ?」

梶川は自分のことのように顔をしかめる。

「受けても悪ければ叱られるんだから同じだろ?」

「毎回なの?」

「毎回に近いけど、とくに父さんが忙しくて機嫌が悪かったときとか、あとは恥をかかされたと思うときかな」

俺は幼いころに殴られたときのことを思いだしながら話していた。

「恥をかくって、お父さんが?」

「うん。蓮見家の人間は誰からもとがめられちゃダメなんだよ。いつも完璧で――」

「そんなの絶対無理じゃない!」

大きな声で俺の発言を遮った梶川は、何度も首を横に振る。

「完璧なんて無理に決まってる。だって完璧の基準は人によって違うでしょ? そんなの息がつまっちゃう。……あっ」

彼女はハッとした顔で俺を見つめる。

「『じわじわ首を絞められ』って、そういうこと?」

まだ覚えていたんだ。

指摘され、無意識に首に触れる。

「そう。最低限の酸素を吸うことだけ許されているような感覚だった。けど、梶川に出会ってから俺はちゃんと息が吸えてる」

心臓を狙っているはずの彼女に『息が吸えてる』なんて告白は変かもしれないけれど、事実だ。

「空気、おいしい？」

「うん、かなりね。でも、さっきのパフェには負けるかも」

おどけてみせると、梶川はやっと表情を緩めた。

それから料理が運ばれてきて、彼女と少しずつ交換した。鉄板の上でジュージュー音を立てているステーキを欲しそうに眺めていたからだ。

「ステーキもおいしい」

「欲張りだなぁ」

クスクス笑うと彼女は口をとがらせる。

「今を楽しまなくちゃ。おいしいものをいっぱい食べて、楽しいことをするの」

『もうすぐできなくなるから』と続きそうな言葉を、楽しそうに言わないでくれ。

「それじゃ、もうひとつあげる」

「気前いい！」

俺たちはハイテンションで食べ進み、名残惜しかったが植物園をあとにした。

家の最寄り駅に到着したのは、夕方の四時前。

『なんの病気なの？』という俺の問いかけに『今日の帰りまで待って』と口にしたが、もうその〝帰り〟の時間だ。

「涼くん」

俺が言いだせないでいると、梶川が不意に俺の手を引っ張り、歩き始める。

「ちょっ、どこ行く？」

「私に会いに」

「は？」

的《まと》を射《い》ない答えに首を傾げると、彼女は「知りたいんだよね？」と上目遣いで俺を見つめる。

「病気の、こと？」

「うん。最後まで黙っておこうかと思ったけど、無理そうだし」

それを聞き、途端に心臓がバクバクと音を立て始める。

聞きたいけど、聞きたくない。

もし、絶望的な状況を聞いてしまったら、なんと言ったらいいのかわからないからだ。

でも『私に会いに』って、どういうこと？

「特別だよ。涼くん」

彼女は緊張気味の俺に、ニコッと微笑んでみせる。

「特別って……」

「私が何者なのか、涼くんだから教えてあげる。行こう」

彼女はそれきり黙って足を進め、再び電車に乗り込む。そして、蓮見総合病院の最寄り駅で下車した。

「あそこ」

梶川が指さしたのは、少し先に見える病院の病棟だった。

「あそこって、梶川はうちの病院の患者なの？」

「そう」

灯台下暗《とうだいもとくら》しってこういうことを言うのかもしれない。

「今日は休診だよ。どこに行くの？」

病院へと向かう彼女に尋ねると、「病棟は二十四時間三百六十五日動いてるよ？」

と笑う。

そんなことは知っているけど。

まさか入院してる？

いや、それなら毎日学校に来るなんておかしいし、今日だって——。

頭の中が疑問符だらけになりながらも、引っ張られるので仕方なくついていった。

「五〇七号室。そこで話すね」

彼女は迷うことなくエレベーターに乗り、五階の病室へと向かう。

ナースステーションの前を通りかかると「面会ですか？」と看護師に声をかけられ、うなずいた。

「それでは、ここにお名前をご記入ください。何号室に？」

「五〇七です。名前は代表者でいいですか？」

「代表者と言いますと？」

看護師が不思議そうに首を傾げる。

「あの、俺の名前だけでいいですか？ということですが」

「もちろんです」

会話がうまくかみ合っていないように感じたものの、名前を書き込んだ。

「行こ……あれ？」

振り向くといるはずの梶川の姿がない。

どこに行った？

辺りを見回しても、彼女はいなかった。

「五〇七の梶川さんのお部屋は、ここを真っ直ぐに行って左に曲がってすぐです。この時間はご家族もいらっしゃいませんが」

「梶川、の？」

やっぱり入院してるんだ。

「はい。あれっ、違いました？」

俺が驚き気味に声を上げたからか、看護師がもう一度手元の入院患者一覧表を確認している。

「あぁっ、いえ。梶川さんです。ありがとうございます」

俺を置いてさっさと自分だけ病室に行ったの？　まさか、無断外出で叱られるから？

いや、そんなわけがない。ずいぶん長い間外出していたんだから、無断なら大騒動になっている。

混乱したまま、とりあえず病室を目指す。

五〇七号室は個室で、入口に【梶川瞳子】という名前だけが記されていた。

――トントントン。

ノックをしたけど返事がない。

「入るよ」

先に行ったはずなのにと首をひねりながら、ドアを横に引いて開けた。

「え……」

足を一歩踏み入れ目を見開く。

だって、そこには左手に点滴《てんてき》、鼻に酸素チューブ、そしてモニターにつながれてい
る梶川が横たわり目を閉じていたからだ。

ついさっきまであんなに元気にはしゃぎ、パフェを食べていたのに。

いや、彼女が消えてからまだ数分。その間にこの処置が行われたとは考えられない。

なにが起こってるんだ？

梶川が空から降ってきたときと同じように混乱し、あ然とした。

「驚いたよね」

「はっ！」

突然うしろから話しかけられ、体がビクンと震える。

「な、ななな……」

なんで梶川が立ってるんだ？

背後にいた彼女とベッドの上の彼女に、交互に何度も視線を移す。

ふたりいる？　どういうこと？

「双子？」

おそるおそる尋ねると、彼女は小さく笑った。

「ううん。梶川瞳子はひとりしかいないよ。私の肉体は、あそこ」

ベッドの上の梶川を指さす梶川？

もうなにがなんだかわからない。

「こっちおいでよ。座って話そう」

彼女はとても冷静に病室の中へと進み、ベッドの横にパイプ椅子《いす》を用意してくれる。

そして、もうひとつ出して、自分も反対側のベッドサイドに座った。

「ね。おいでよ」

植物園で見せた無邪気な笑みを見せる彼女は、足がすくんで近づけない俺を促す。

だけど、梶川が降ってきたとき以来の衝撃《しょうげき》で、まばたきすらできない。

「涼くん？　大丈夫だよ。なんにもしない。大切な彼氏なんだもん」

彼女がそう言った瞬間、やっと我に返った。

「う、うん……」

「びっくりするよね。だから言いたくなかったのに、聞きたがったのは涼くんだよ？」

その通りだ。でも、聞きたかったのは病気についてで、彼女がふたりいることについてじゃない。

「聞かずに、帰る？」

彼女は優しい笑みを浮かべながら尋ねてくる。

このまま帰れるわけがない。ちゃんと聞かなきゃ、きっと眠れない夜になる。

俺はためらいながら小さく首を横に振り、椅子に座った。

ベッドに横たわる梶川は、俺の知っている彼女よりずいぶん痩《や》せていて、顔色も悪い。

〝死〟というものを間近に感じて、背筋が凍る。

どれだけ心臓が必要だと言われても半信半疑だったのに、目の前に現実を突きつけられて、動揺を隠せない。

「――私、小さい頃から病弱で、入退院を繰り返していたの。まともに学校も行けなかったんだ。だからずっと学校で友達と過ごすことに憧れがあったの」

とうとつに昔話を始めた彼女は、ベッドの上の自分の手を握っている。

「けど、今は学校に来てるじゃないか」

話しているほうの梶川が来てるだろ？

ふたり存在するという事実を受け止めきれず、なにを聞いたらいいのかわからない。

「うん。ここにいる私は、梶川瞳子の願望なの。やりたかったこと、叶えたい夢。そんなことがいっぱいのわがままな私」

「願望って……」

いったいどういうこと？

「ホントは私、涼くんのことを小さい頃から知ってるの」

「どうして？」

俺は彼女を知らないのに。

「涼くん、お父さんに連れられて病院に何度も来てたよね」

そういえば……。俺の勉強に対する意識が甘いからと、何度かここに連れてこられて、実際に働いている医師と対面させられた。

おそらく父さんに頼まれていただろう医師たちは、受験勉強の大切さや、医学部に入学してから、そして現場で働くようになってからの苦労話をしてくれた。

そして決まって最後は、『小さい頃から医者になりたいと頑張る君なら、立派な医者になれる。応援してる』と励ましを受けた。

しかし、延々と続く勉強と、どれだけ頑張っても兄さんのようには褒めてもらえないことで、医師になることより解放されたいと思っていたので、まったく胸に響かなかった。

「来てた。そのときに会ってる？」

「うーん。会ったというわけでもないんだけど……。外科の先生の話を笑顔で聞いていたのに、終わった途端、人が変わったみたいにすごく冷たい表情をしたのを見ちゃったのよね。うまく言えないけど、死んじゃいそうって感じた」

そうだったかもしれない。

父さんの機嫌を損ねてはいけないと、医師たちの話は熱心に聞いているふりをしていたが、誰も見ていなければ仏頂面《ぶっちょうづら》をしていた。楽しいことなんてひとつもないのに笑えなかった。

だけど、それを梶川に見られていたとは。

「そっか」

「それで、本当は笑いたくなんかないのに笑わなくちゃいけないのかな？とか、なにかつらいことがあるんだろうかって気の毒になった。でも、それと同時に、もしそうだとしても病院の外で自由に生活できるじゃない。そんな悩みは贅沢《ぜいたく》よ！という反発心も湧いた」

そう言われ、梶川と視線を合わせる。

彼女の発言は正しい。

死を目前にしている彼女に比べたら、俺の悩みなんかちっぽけで、実にくだらない。

「あはっ、言いすぎた。ごめん」

「ううん。その通りだよ。俺の悩みなんて贅沢だ」

だって、こんなに痩せて……。素人の俺が見ても、事態は深刻だ。唇を噛み締めていないと、泣いてしまいそうだった。

しかし、彼女は首を横に振る。

「ただの八つ当たりよ。涼くんだって苦しんできたんだもん。悩みの種類は違ったけど、死にたいと思うほどつらかったんでしょ？」

俺は小さく二度うなずいた。

屋上で梶川に出会った日。もうこれで終わりにしたいと思うほど俺は追いつめられていた。

自分の未来を思い描けなくなっていた。

「私、意識がなくなってから、なぜか空を飛べるようになったの。それで、真っ先に涼くんのことを探した。どうしてるか、ずっと気になってたから」

人が空を飛べるなんて普通なら信じられないけど、彼女はあの日、絶対に空から降ってきた。だから、嘘だとは思えない。

「そうしたら、涼くんが心臓を手放そうとしているのを見つけた。それで、ホントひどいんだけど、それならもらっちゃおうって」

ひどくなんかない。俺が彼女の立場でも同じように思うはずだ。

梶川は眉間にシワを寄せて、小さなため息をついたあと続ける。

「涼くん、私の記憶がないことに戸惑っていたよね。でも、それは当然なんだよ」

「当然？」

ずっと不思議だったことに彼女のほうから触れられて、首を傾げる。

「うん。だって私はそれまでいなかったんだし。他の人たちの記憶は、私がずっと一緒にいたクラスメイトのように、あのあと塗り替えておいたのよ。涼くんは間に合わなかったみたい」

「そんなこと、できるの？」

「できちゃった」

彼女はあっけらかんと言い放ち、顔をクシャッとして笑う。

そういえば、どうして自分だけ梶川の記憶がないのか尋ねたとき『逆、なのかもね』とつぶやいたことを思いだした。

俺の記憶がないのは正解で、みんなの記憶が操られているということだったんだ。

「この梶川は、目覚めないの？」

緊張しながら尋ねると、梶川は眠っている自分の顔を見つめてから口を開いた。

「うん。もう無理かな。心臓移植をすすめられて、ドナーを待っている間に病状が進んで昏睡状態《こんすいじょうたい》になっちゃった」

「なっちゃったって……」

そんなに軽く言うことかよ。

「最初は発熱と体のだるさから始まって、でも原因がよくわからなくて、何度も検査をしてた。そのうち、サルコイドーシスっていう病気じゃないかとなって、確定されたの」

「サルコイドーシス？」

聞いたことがない。

「うん。全身に肉芽腫《にくげしゅ》ができる病気なの。こぶのようなものね。治療しなくても自然と症状がなくなる人が多いのに、私は残念ながら重症みたい。心臓に症状が出ちゃって不整脈《ふせいみゃく》がひどかった」

彼女は悲しげな表情を浮かべ、あきらめたように言う。

「ずっと、学校に行って友達と走り回りたいと思ってた。でも、すぐに疲れるし息切れが激しくて、たまに学校に行けても教室で座っているだけ。しかも、年に数日しか行けない私に友達なんてできるわけなくて、寂しかったなぁ」

「そう、だったんだ」

たしか梶川にどうして特進クラスにいるのかと聞いたとき、彼女は勉強を山登りにたとえて『どんなに苦しくても、登ること自体がうれしい人もいるんだから』と漏らした。

それは学校に通いたくても通えなかった彼女の――山に登ることを制限された彼女の――本音だったんだろう。

「いろんな症状が出てそのたびに治療して……だけど去年、ちょうどこの窓の外の桜が満開になった日に、心不全《しんふぜん》を起こしてしまったの。それでそれからは、補助人工心臓《ほじょじんこうしんぞう》をつけることになって、寝たきりになってしまった」

桜が……。

満開の日には特別の思い入れがあったんだ。

だから満開の日に俺の心臓を奪おうと？

梶川の悲しみが乗り移ってきて、胸が苦しい。

「あらゆるお薬を使ったんだけど、副作用《ふくさよう》で使えなくなったりね。面倒な体質なのよ。それで最終的に心臓移植が検討されて、待機することになったの」

「梶川……」

こんなときはなんと言葉をかけるのが正解なんだろう。

泣くこともなく淡々と語る梶川は、本当に強い。

「あれっ、信じてくれた？」

優しい笑みをこぼす彼女はおどけて口にするけれど、つらくないわけがない。

「信じるよ。こんなこと、梶川が冗談で言うわけがない」

俺が悲しむことをわかっていて、適当なことを言うような人間じゃない。

「ありがと」

梶川の悲しげな微笑みは、俺の胸をえぐった。

「なぁ、逝かないでくれ」

俺はベッドに横たわるほうの梶川の手をギュッと握った。

その手は、予想以上に細く、そして冷たい。

「頼むから、逝かないで――」

言葉が続かず、声が震える。

とうとう我慢しきれなくなった涙がひと粒、頬を伝う。すると彼女も顔をゆがめて泣き始めた。

彼女がこんなふうに弱々しい姿を見せたのは初めてのことだ。

「死にたいなんて思ってごめん。簡単に思って、ごめん」

ベッドに横たわる梶川に懺悔《ざんげ》する。

俺には健康な体と、規則正しく動き続ける心臓が与えられているのに、それを自分から止めようとしていたなんて、どれだけバカなんだ。

梶川は何度も首を横に振るだけで、泣き続けている。

「もう、心臓移植は無理なの？」

「手術に耐えられる体力がもうないの。主治医の先生も、蓮見くんのお父さんも、あらゆる手を尽くしてくれたのよ。この病気の権威《けんい》と言われる先生にも連絡して、チームを作って治療にあたってくれた。それで、最終的には移植待機ということになったの」

そう聞いても、あきらめきれない。

「けど、そうやって移植のチャンスを待ちながら、体力を回復していけば……」

「うん。たしかに補助人工心臓を埋め込んでからも、日常生活を送れている人もいる。でも私は無理みたい。肺の機能もずいぶん落ちているし、時間の問題なんだって」

そう俺に告げた彼女は、もう泣いてはいなかった。

すべてを受け止め覚悟を決めているのだろうか。

「イヤだ！」

「涼くん……」

「俺、梶川と一緒に生きていたいんだ！　一緒に！」

もう死にたいなんて二度と言わない。だけど、彼女も一緒じゃないと。

梶川が俺の目を覚ませてくれた。彼女は命の恩人なんだ。

「ありがとう。その気持ちだけで十分」

彼女が笑えば笑うほど、俺の胸が痛む。

「どうして、俺に声をかけたの？　あのまま放っておいて、俺が死んだほうがよかったじゃないか」

梶川が現れなければ、もう死を選んでいた可能性もある。

そうしたらこの心臓は、彼女のものにできたかもしれないのに。

それなのに、彼女が俺の心を揺さぶったりするから、俺は今、死ぬのをとどまるばかりか未来を見ようとしている。

彼女にとっては最悪の結末だ。

「私、移植という選択になったとき、すごく複雑だった。心臓は当然ひとつしかないから脳死の人が出ることを望まなくちゃいけないの。って、そんなこと知ってるか」

俺はうなずいた。そして同時に彼女の苦しい胸の内も理解した。

自分が助かるには、誰かが死ななければならない。それがうれしい人なんておそらくいない。

「だから、もういらない人いないのかな？なんて、毎日毎日考えてた。それと同時に、もしドナーが見つからなくてこのまま死んでしまうなら、やりたいことがいっぱいあったなぁって」

「うん」

「そんなことを考えてばかりだったからかな。感染症《かんせんしょう》から多臓器不全《たぞうきふぜん》になって意識がなくなったとき、私は空を飛んでた。驚いたんだけど、ずっと気になってた蓮見くんを探しに行ったら、心臓を捨てようとしてるって、どうしてかわかっちゃった」

どこまでも不思議な話だけど、作り話には聞こえない。

きっとすべてが事実で、俺はそれを受け止めなければならないと感じた。

「梶川の言う通り、あの頃はどうやって命を断とうかとばかり考えていた。蓮見家に生まれたことがイヤでたまらなくて、好きなように生きられない苦痛と、必死になっても認めてもらえないくやしさ。そういうものでいっぱいで、楽になりたかった」

命が絶たれようとしている彼女の前で、こんなことを口にするのが恥ずかしい。だけど、それが事実だ。

「涼くんが苦しかったことはわかってる。だから死にたいと考えていたことを責めるつもりもない」

「ううん、責めていいんだ。梶川の立場なら当たり前だよ」

俺がそう付け足すと、彼女は優しく微笑んでから首を振る。

「人ってそんなに強くないんだよ。私だって心臓を捨てようとしている涼くんを見つけたとき、これで私は生きられる。この人が死んでくれたら、たくさんの管も外れてベッドから解放されて、楽しく暮らせるんだって喜んじゃった。最低だとわかっていても」

「梶川……」

俺だってきっとそうなる。

「でも、心臓をもらう前に、涼くんがどんな人なのかもっと知りたくなった。というか……高校生活というものを経験してみたくて、みんなの記憶に私を存在させた。空を飛べた梶川瞳子は、ベッドの上の私とは違ってなんでもできたんだ」

「そっか」

彼女がさっき口にした通り、目の前の梶川は彼女の願望そのものなんだろう。

「梶川。なにがしたい？　梶川の願いは全部叶えよう」

「ホント、に？」

俺は弱い人間だから、『心臓を持っていけ』と今すぐここでは言えない。だけど、彼女のことを知ったからには、やりたいことは全部やって、楽しい時間を過ごしてほしいと心から思う。

「植物園は行ったし……。でも、もう一回行かないと」

約束だから。

「うん。すごく楽しかった。ご飯を食べたレストラン、昔、一時退院したときに行ったんだよ」

そうだったのか。楽しい思い出の一ページだったんだ。

「そうやって思い出をたどるのもいいし、行ったことがないところに行くのもいいね。とりあえずなにしようか」

「うん……」

彼女はそれからしばらく黙って考えていた。

どれくらいの時間が経ったのか、ベッドの彼女の手を握り続けていると、「私ね」と意を決したように口を開く。

「変かもしれないけど、普通の高校生活を楽しみたい。みんなと一緒に勉強して、くだらない話をして笑い転げて……そんな」

「できなかったから、か」

俺が尋ねると梶川はコクンとうなずいた。

「ベッドの上で、学校に行けたらどんなに楽しいだろうって思ってた。苦しんでる涼くんに、こんなことを言ったら失礼かもしれないけど」

俺のことなんて気にかけなくてもいいのに。

「ううん、俺は大丈夫。自分がどれだけ恵まれていたのか梶川のおかげでわかったし、現実を乗り越える努力をしてなかったことも」

蓮見家の呪縛に囚われていたのは、父さんじゃなくて俺自身。

そんなものどうにでもなるのに、壁が高いから飛び越せるわけがないとあきらめていたのが情けない。

たとえ飛び越せなくても壊したり穴を掘ったりして、壁の外に出るために力を注げばいい。

「俺は自分の人生のために戦いたいし、梶川と楽しい時間を共有したい」

握った手に力を込めると、かすかに握り返されたような感覚があり、ハッとする。

彼女は生きている。

「ありがとう」

「まだあきらめてないからね。梶川も一緒に生きるんだ」

語気を強めて伝えると、彼女はうれしそうにうなずいた。


それから一時間ほど彼女と話をして、病室をあとにした。

梶川があのあとどうしているのかわからない。もしかしたら本来の肉体に戻って休んでいるかもしれないけれど、興味本位で聞くことじゃない。

家に帰ると、母さんが真っ青な顔をして玄関に走り出てきた。

「涼、あなたテストはどうしたの？」

あぁ、さぼったことなんて忘れてた。

俺は今、梶川のことで頭がいっぱいなんだ。ほっといてくれ。

「休みました」

俺はスニーカーを乱暴に脱ぎ捨てて、そのまま二階に駆け上がる。

こんなことをしたら父さんの怒りがひどくなるとわかっているけど、それどころじゃない。

「あなた。涼が帰ってきました」

階下から父さんを呼ぶ母さんの声がする。

母さんはいつも父さんのご機嫌うかがいばかりでうんざりだ。

自分の部屋に入り鍵を閉めると、ほどなくしてバタバタと階段を駆け上がってくる足音がした。

――ドンドンドン。

乱暴にドアをノックされたが、俺はベッドに寝転んで梶川の顔を思い浮かべる。

「開けなさい。まったくお前は、テストを無断欠席するなんて、どういう神経をしているんだ!?」

父さんの眉がつり上がっている姿が手に取るようにわかったけど、返事をしなかった。

塾の先生から連絡を受けて、恥をかいたんだろうな。

「涼、返事をしろ!」

怒りのメーターが振り切れそうだ。

「父さん」

するとそのとき、隣の部屋のドアが開く音がして、兄さんの声が聞こえてきた。

「明日、大切な試験があります。静かにしていただけませんか？」

「す、すまない……」

兄さんにそう言われた父さんは、「涼、明日きちんと話を聞くからな」と言い捨てて、一階に下りていった。

助けてくれた？　いや、本当に試験がある？

「頑張れよ」

ん？　今のは兄さんの声だよな。

すぐにドアを開けてみたものの、もう兄さんは自分の部屋に戻ったあとだった。

やっぱり助け船を出してくれたのかもしれない。

静かになった部屋のベッドの上で、膝を抱えて座り込む。

病室で最後は明るく振る舞ったが、本当は怖くてたまらなかった。

ずっと握っていた眠っている梶川の手は骨が浮き出ていて、デートの間握っていた温かくて柔らかい手とはまるで違った。

死がとてつもなく近くにあると感じて、体が震えた。

「梶川……。死ぬな」

初めて心を許せた女の子が、まさかこんな状態だとは。

必死にこらえていた涙が止まらなくなる。

俺はそれを拭うことなく、ただ泣き続けた。

「どうしてだよ」

彼女がなにか悪いことをしたのか？　なんで彼女だけ、こんなに苦しまなくちゃいけないんだ。

悲しみとともに、ぶつけようのない憤りが湧き上がり、ギュッと歯を噛み締める。

あぁ、彼女の前で弱音を吐き続けてきたなんて恥ずかしい。彼女の苦しみは、俺のそれとは比べものにならないのに。

『私、花屋さんになりたいの』

明るい表情で俺にそう教えてくれたとき、もうその夢を叶えられないことを悟っていたんだ。

「俺は……」

俺にはまだいろんな可能性が残されているのに逃げてばかり。

ダメだ。このままじゃ、彼女に顔向けできない。

いったいどうすれば……？

その晩はずっと、梶川のことばかり考えていた。

翌朝。俺はいつもより少し早めにリビングに下りた。

叱られた翌日は、父さんと顔を合わせないようにしていたけれど、今日は別。梶川は勇気を出して俺に真実を話してくれた。次は俺が踏ん張る番だ。

ソファで新聞を読んでいた父さんは、俺の顔を見てそれをバンとテーブルに叩きつける。

「涼、お前は！」

父さんは怒りが頂点という感じで、小刻みに震えている。

いつもなら怖くて目を見ることすらままならないけど、今日は視線をそらさない。

「昨日のテストはどうした？」

「ですから、休みました。行きたいところがあったので」

「行きたいところ？　お前、自分の成績がわかっているのか？　受験まであと一年しかないんだぞ！」

立ち上がった父さんが、顔を真っ赤にしている。

父さんはこんなに小さかったっけ。俺より十センチ近く背が低いのは知っていたけど、これほど小さく感じたのは初めてだった。

「わかっています。進路のことでお話があります」

もうひるんだりしない。たとえ罵倒されても、自分の気持ちは二度と曲げない。

俺は父さんを真っ直ぐに見つめた。

「は？　なんだ、その反抗的な目つきは。お前のせいでどれだけ私が恥をかいたと思ってる！」

「それはすみませんでした。でも俺、医者になりたいとは思っていないので、父さんの期待に応えることはこれからもできません」

ようやく言えた。少し清々《すがすが》しいような気持ちだったものの、父さんは目を大きく開き、固まっている。

「医者に、なりたいと思ってない？」

「はい。そもそも、俺はそんなことを言ったことはないですよね。言わされたことはありますけど」

俺がそう口にした瞬間、父さんは堪忍袋《かんにんぶくろ》の緒が切れたのか、テーブルを思いきりけとばした。

すると、あまりに大きな音がしたからか、はたまた父さんのけんまくのせいか、母さんがオロオロする。

母さんは父さんの言うことに逆らったことはないので、今回もかばってくれるとは思ってない。俺は自分で戦う。

「父さんはずっと、俺に言うことをきかせてきたじゃないですか。蓮見家の名を汚さないように、勉学に励んで医者になるようにと。俺の意見なんて一度も聞いてもらえなかった」

「当たり前だ。蓮見家は医者家系なんだ」

「だからと言って、俺も医者にならなければならないとは決まってませんよね」

父さんの目が血走ってきた。それでもやめられない。

「それに、俺は俺なりに一生懸命やってきたつもりです」

「口ごたえしやがって！　一生懸命が足りないんだ。俊は――」

「俺は俊じゃない！」

父さんの言葉を遮り大きな声を出すと、リビングの空気が凍りついた。

「兄さんは兄さんだ。俺は兄さんみたいに成績もよくないけど、頑張らなかったわけじゃない。できれば父さんの期待に応えたいと、これでも必死だったんだ」

硬く握りしめた手が震える。

今まで抑えていた気持ちが、一気にあふれてきて止まらない。

「だけど、どれだけ頑張っても叱られるだけ。一度たりとも褒めてはもらえなかった」

「褒める要素がないからだ！」

「そうですよね。父さんは偏差値でしか人の価値を測れないんだから」

そう言った瞬間、胸ぐらをつかまれた。

「あなた。やめてください！」

母さんは見たことがないほど動揺し、父さんに訴えている。

母さんが父さんに意見するなんて珍しい。

「お前は黙りなさい。だいたい、こんな生意気な子に育てたのはお前の責任だ！」

虫の居所が悪いからって、母さんにまであたるなんて。

「母さんは関係ない。俺はきちんと勉強をして、自分の行きたい道を歩みます。蓮見病院の医者になるつもりはありません」

「減らず口が！」

怒り狂った父さんが殴りかからんばかりの勢いで身を乗り出してきたが、母さんが押さえてくれた。

「俺は父さんのロボットじゃない。いつか死ぬとき後悔しないように生きたい。無断で模試を休んだことは謝ります。だけど、もう言いなりにはならない」

「――父さん」

そこに突然現れたのは兄さんだった。兄さんは俺の横までつかつかと歩み寄ると、落ち着いた様子で口を開く。

「病院は俺が継ぎます。涼は好きにさせてやってください」

「なにっ？」

父さんの手が離れて解放されるも、俺は兄さんの発言に驚き、言葉が出てこない。

「涼が努力しているのは父さんだって知っているはずです。俺ももう父さんの怒鳴り声を聞くのはイヤなんです。いつ、自分がののしられるかとずっとおびえてきました。だけど、父さんの期待はわかってるから、俺たちは踏ん張ってきたんです」

まさか、俺のことを不器用だと笑っているとばかり思っていた兄さんがこんなことを言うなんて。

「俺は父さんの期待に応えます。でも涼は、自由に――」

「か、勝手にしろ！」

父さんは捨てゼリフを吐き、リビングを出ていった。

すると、母さんは震えながらも父さんを追いかけていく。

「お前、真っ向勝負とか……。本当にバカだな」

兄さんが俺にかけた最初の言葉はそれだった。

「そうだな」

「けど、ちょっとスカッとした」

一瞬、なにを言ったのか理解できない。

「スカッと？」

「俺もうんざりしてたから。お前が叱られてると、自分が叱られてるみたいだった」

「そう、なんだ」

それは知らなかった。

兄さんも成績を落とせば、俺のように非難されるという恐怖があったのかもしれないな。

「ま、病院は俺がいればなんとかなるんじゃない？」

兄さんはそれだけ言い残して、すぐに二階に行こうとする。

「待って。ありがと」

俺をかばってくれるとは思わなかった。

父さんや母さんの前で見せる顔と、俺に『もっとうまくやれば？』なんて言う別の顔のふたつを持つ兄さんを、ずっとずるいヤツだと思っていた。

だけど、彼は彼なりに自分の立場を受け入れて、必死に生きているんだろう。

父さんがあまりに兄さんと俺を比べるから、まるで敵のような気がしていたけど、悩みのもとは同じだったのかも。

「うん。けど、涼。口だけなのは俺が許さないからな」

「わかってる」

俺は兄さんがリビングを出ていくうしろ姿に頭を下げる。

初めて感じた兄弟の絆《きずな》のようなものに、胸が熱くなった。兄さんは、ちゃんと俺のことを気にしてくれていたんだ。

楽をしたくて医学部を受験しないわけじゃない。勉強はおろそかにしない。

もちろん中途半端なことはできない。今を精いっぱい生きている梶川の前では、誠実でいなければ。

俺は改めて自分の気持ちを引き締めながら、ふと、何度も彼女とつないだ手を見つめる。

なんとかとどめたい。彼女の命を。

医学的にその道の権威が難しいと言っているのに、俺になにかできるわけがない。

それでもあきらめたら彼女がいなくなってしまう。そんなのは絶対にイヤだ。

今はとにかく、彼女の願いを目いっぱい叶えよう。いや、一緒に楽しみたい。

だけど、待てよ。

梶川はまた学校に来るだろうか？

俺に本当は存在しないはずの人間だと告白した彼女は、このまま消えるつもりじゃないだろうな。

突然不安が襲ってきて、スマホを取り出す。

そして【おはよ。駅で待ってる】と彼女にメッセージを送ったが、なかなか既読がつかなくて緊張感が増してくる。

俺はいてもたってもいられず、家を飛び出した。

初恋人

メッセージを送信してから十分。まだ既読がつかない。

俺は強い焦りを感じながら駅へと走る。

頼む。消えないでくれ。

心の中でそう叫んだ俺は改札の前で息を整えながら、もう一度メッセージをチェックする。

「読んでくれ……」

ちっとも既読にならないことがショックで、そして悲しくてふと顔を上げた瞬間。

「梶川！」

今まで通り笑顔を見せる梶川が視界に入り、思わず大きな声を出した。

「蓮見くん、おはよ」

タタッと駆け寄り、彼女の腕をつかむ。そうしたのは、これが幻ではないと確証を得たかったからだ。

「はー、よかった」

「どうしたの？」

「メッセージの既読がつかないから、梶川が消えちまったのかと思った」

本当のことを口走ると、彼女は目を大きくしてカバンからスマホを取り出している。

「ホントだ。メッセージ来てる。ごめん、気づかなかった」

「ううん。いいんだ」

いつもならこんなに気にしたりしない。

「蓮見くん、心配してくれたんだ」

「当たり前だ」

「ちょっとうれしいかも」

白い歯を見せて俺を見上げる梶川は、いつも通りだった。

呼び方が『涼くん』から『蓮見くん』に変わっているのは、学校では俺が困ると思って気を使っているんだろう。

「涼、でいいよ」

「えっ、嘘？」

と言いつつ、耳が真っ赤になってしまう。

「ふふっ。涼くんってかわいいよね」

「バカにしてる？」

こんなふうに優しく笑う彼女を、ずっと見ていたい。

どうしても助けたい。でも、どうしたらいいんだ。

そんなことを考えていると、俺よりずっと深刻な状態のはずの彼女が、眉根《まゆね》を寄せて俺の顔を見つめる。

「そんなことない。それより、お父さんに叱られた？」

「大丈夫。ちょっと戦ったんだ」

「戦った？」

「うん。医者にはならないって宣言した。あっ、けど、教師になりたいって言い忘れたな」

俺がそう伝えると、彼女はぱちぱちと二回まばたきをしたあと固まっている。

「そんなことより、体調悪くない？　無理しただろ？」

「『そんなこと』じゃないでしょ。私の体調は大丈夫。昨日、ぐっすり眠れたし」

梶川が自分の手を見つめて言うので、恥ずかしくなった。手をつないだのがよかったと告げられているような気がしたからだ。

「で、涼くんだよ！　そんなに進展するとは……」

「進展したのかな。父さんは怒り狂ってたから許されたわけじゃないし。まあ、かといってあきらめないけど」

一度だけとはいえ殴られた記憶が長い間残っていて、なにも言えなかった。しかし口にしてみると、意外にも恐怖はなかった。

「お父さん、厳しいんだね」

「あはは。でも、父さんなりに病院を守りたいと必死だったんだよ、きっと」

冷静にそう言える自分に驚いている。

父さんも、後継《あとつ》ぎを立派に育てなければというプレッシャーが大きいんだろうなと感じることは今までもあった。

親戚が集まると、いつも『男の子がふたりもいては、蓮見病院は安泰《あんたい》ですね』と声をかけられていたし、もしかしたら病院でもそう言われ続けてきたのかもしれない。だからちょっとしたことで周囲からとがめられると、必要以上に気にしてしまい、俺に怒りの矛先《ほこさき》が向いていたんじゃないか。

「蓮見先生、いい先生だよ。最初、治療実績のある病院に転院したほうがいいという意見が出て受け入れ先を探してたんだけど、県外にしかなくて。その病院だとお母さんも一緒に引っ越さないと難しいって話になってね」

そういうケースはよく耳にする。治療のために家族ごと引っ越したり、仕事のある父親だけ残ったり。

「それは大変だからと、専門の先生に治療についてのアドバイスをつねにもらえるように話をつけてくれて、蓮見病院に残れることになったの。ここで最先端の医療を受けられるようにするって。転院させたほうが楽だったはずなのに」

「父さんがそんなことを……」

医者としての父さんの姿を見たことがないので、家での姿とのギャップに驚いた。

「ね、まずいよ、遅刻する！」

「ヤバ」

急かされて時間がないことに気がついた俺は、彼女の手を引き走り始めた。

「心臓、平気？」

「ううん。平気じゃない」

「はっ、ごめん」

慌てて足を止めると、彼女はクスクス笑っている。

なんだ、嘘？

「涼くんから手をつないでくれたなんて、ドキドキしちゃって」

「そういうこと、言うな！」

恥ずかしいじゃん。

「彼女だと誤解されちゃうから、無理しなくていいよ」

「されてもいいよ、別に」

間違いなく裕司に茶化されるけど、俺の手がその命を一秒でも長くつなぎ止められるのならなんてことない。

「本気で言ってる？」

俺は目を見開いた彼女と向き合い、もう片方の手もつないだ。

「どうしたの？」

「付き合おうか」

「は……？」

さっき駅で、もう一度彼女に会えたら気持ちを伝えようと思っていた。

帰りにでもゆっくりと思っていたけど、やっぱり待てない。

「瞳子。俺と、付き合ってほしい」

あんぐり口を開けて驚いている瞳子は、まばたきを繰り返すだけでなにも言わない。

まさか……断られる？　あんなに片想いを連発してたのに？

固まったままの彼女を前に、冷や汗が出る。

しかし、しばらくすると彼女の顔に喜びが広がった。

「いい、の？」

やっとそのひと言が聞けたので、「はー」と大きく息を吐き出す。

振られるかと思った。

「それはこっちのセリフだ。ホントに俺でいいの？」

「あはは。片想いしてるって言ったじゃない。すごく、うれしい」

物怖じせずズバズバと発言する瞳子が、珍しく頬を赤らめて視線を落としている。

でも、チラッと見えるはにかみに、心臓がドクンと音を立て、俺の頬まで赤くなるのを感じた。

「それに……『瞳子』って呼ばれるの……」

「あぁっ、それは――」

勇気を振り絞ってそう呼んでみたけど、恥ずかしいから改めて指摘しないでほしい。

「憧れてたの。もうヤバい」

彼女が胸のあたりを押さえるので慌てる。

「瞳子？　どうした？　大丈夫？　心臓が苦しい？」

「ううん。キュンとしただけ」

驚かせるなよ！と焦りつつ、それは俺も同じかもしれない。

胸が苦しいんだ。これを言葉にすると『キュン』になるんだろう。

それから俺は、照れくさそうに微笑む瞳子の手をさらに強く握った。

離したくない。ずっと一緒にいるんだ。

そんな思いでいっぱいだった。

それから手をつないだままで学校に向かったが、予鈴ギリギリになってしまい、クラスメイトの注目の的となった。

一時間目が終了すると、裕司が真っ先に俺のところにやってくる。

「涼、珍しく遅かったじゃん。梶川さんとなにしてたのかな？」

案の定、裕司が瞳子と俺を見比べニヤリと笑う。

「ちょっと、話」

「まさか、浮気でもして叱られた？」

どういう思考回路《しこうかいろ》だよ。

「浮気なんかするか」

「ということは、やっぱ付き合ってるんだ」

「そうだよ、悪いか」

俺がそう言い放つと、周りにいたクラスメイトの動きが止まる。

「えっ、マジ!?　俺、からかってるつもりだったのに」

「知らね」

裕司があ然としているが、恥ずかしいからもうどこかに行ってくれ。

「瞳子、ホント？」

「蓮見くんと付き合ってるの？」

「いつから？」

するると今度は女子が数人、瞳子に群がってくる。

「えへへ。そうみたい」

なんとなく気まずくてうしろを振り返る勇気はなかったけれど、瞳子の声が弾んでいるので、これでよかったんだと感じた。

彼女の夢を叶えてやりたいという気持ちはあるとして、人柄に惹《ひ》かれているのはたしかだし、俺にはもったいない初の彼女だ。

「はー。なんかムカつく。梶川さん、コイツのどこがいいの?」

今まで散々からかってきたくせして、裕司は気に入らないらしい。

「んー、そうだなぁ。一番は心臓?」

「はっ、心臓?」

裕司が間抜けな声を上げているが、俺は噴き出しそうだった。

それから授業は進み、五時間目の数学。

小テストをうしろから回収しているときに、瞳子がそれを床に落としてしまった。

それに気づいた俺がプリントに手を伸ばすと、彼女の手も伸びてきて重なる。

「あっ、ごめん」

「ううん。そっち拾って」

なんて平然を装ってみたものの、心臓がバクバク音を立てていた。

もう何度も手をつないだのに、たったこれだけのことで照れるなんて。

だけど、瞳子がデートや彼氏に憧れていたというのもあながちわからなくもない。

なんというか青春を謳歌《おうか》しているというような気持になっているからだ。

「俺、出してくるから」

俺は拾ったプリントを彼女から預かり、前のヤツらのも回収して教壇に持っていった。

授業がすべて終わり瞳子と一緒に教室を出るとき、「お幸せに」なんて裕司がからかうので、カバンを思いきり体にぶつけてやった。

教室を出てすぐに彼女の手を握ると、少し驚いた様子だったけれどはにかんでいる。

こういう姿、けっこうかわいいな。

周囲に他の生徒が多数いて見られているのに、手を離したくない。そのまま駅まで歩き電車に乗り込むと、ドアの近くに並んで立った。

「塾？」

「うん。医者にならなかったとしても勉強はきちんとしたい。医学部のハードルが高くて断念するわけじゃなくて教師になりたいんだって、親にもちゃんとわかってもらいたいし」

「真面目だね、涼くん」

真面目なのかな。だけど、これは俺なりのけじめだ。

「もっと瞳子と一緒にいられるといいんだけど」

それだけが気がかり。塾は遅くまであり、時間が取れない。

「ううん、大丈夫。ね、今日はあんまん」

「とか言って、違うの頼むくせに」

瞳子は、コンビニに寄って少しでも時間を共にしようと言っているんだ。

「だって、どれもおいしそうなんだもん」

「それじゃあ、違うの頼んで半分ずつしようか」

「それ、賛成！」

俺たちは顔を見合わせ笑いあった。


塾の授業を終えて家に到着したのが二十時四十五分。チャイムを鳴らすと母さんが玄関に出てきた。

「涼、お父さんが呼んでる」

「うん」

母さんはいつも伝言係。

また父さんに大きな声を出されるだろう。それでも今が踏ん張り時だ。

そう気合いを入れて視線を合わせることなくリビングに向かうと、母さんもついてきた。

俺が顔を出すと、父さんは仏頂面で医学書らしきものを広げている。いつもは書斎で読んでいるのに、俺への当てつけかもしれない。

「お前、自分がなにを言っているのかわかってるのか？」

父さんは厚い医学書を、わざとドンと音を立ててテーブルに置く。

その大きな音にひるみそうになったものの、俺は顔を上げた。

生き方を否定されるのは覚悟の上だ。

「はい。お話があります」

「話など聞かん！」

冷たく突き放されたが、ここでやめる気はない。

「俺、小学校の教師になりたいです。ずっとそう思っていたけど、今まで言いだせませんでした。期待を裏切ってすみません」

正直に伝えると、父さんの表情がピクッと動く。

「医学部に行くための勉強が大変だからとかという理由ではなく、小さい頃からの夢なんです。どうか許してください」

頭を下げても父さんは無視を決め込んだ。

「病院に、梶川瞳子という心臓移植が必要な患者さんが入院してますよね」

次にそう言うと、父さんはやっと視線を合わせてくれる。

「実は彼女と知り合いで……。以前、言ってました。父さんが自分のために必死に動いてくれて感謝していると。俺、父さんを誤解していたのかもしれません。父さんは蓮見家の名誉のためだけに医者をやっているんだと思っていました。でも、患者さんのためだったんですね」

そんなことは当たり前なのかもしれない。だけど、瞳子の話を聞くまでは社会的地位や名声のためだけに医者をしていると思い込んでいた。

「梶川さんを知っているのか？」

「はい。とあるところで知り合って、彼女は俺の恩人です。あのっ、彼女はどんな状態なんですか？」

こんなときにとも思ったけれど、やっぱり医者としての意見を聞きたい。

「最近、彼女に会ったのか？」

「はい」

父さんがこんな質問をするのは、もう昏睡《こんすい》に陥っていることを知っているかどうか聞きたかったんだろう。

「彼女の生命力には驚いている。なにか命をつなぎ止めているものがあるのかもしれないと、医師の間では話している。奇跡を起こせるんじゃないかと」

　それを聞き、それほどまでにギリギリの状態なんだとショックを受けると同時に、自分の手を見つめた。

　俺がつなぎ止めてみせる。

「彼女は普通の学校生活を経験したかったと言っていました。そしてやりたいことは全部やり尽くしたいと。彼女とかかわっていると、当たり前のように学校に通って、期待してもらえることがどれだけ幸せなことかわかりました」

　瞳子は勉強ですら楽しいと言う。その気持ちが少しわかる。

「俺は教師になって子供たちに自分の置かれた立場に感謝しつつ、生きている幸せを味わわせてあげたい。たくさん褒めて、死にたいなんて思わなくていいように」

　最後は涙がこぼれそうになり、声がかすれてしまった。

　もし瞳子に出会わなければ、父さんを誤解したまま死を選んでいたかもしれない。南条先生や瞳子が俺にしてくれたことを、次の世代の子供たちにしてあげたい。

　しかし、どれだけ必死に訴えても父さんは難しい表情を変えない。

「勉強の手は絶対に抜きません。彼女にはできなかったことを、俺がやります。だから、どうか許してください」

　目をギュッとつぶり、涙をこらえる。そしてもう一度頭を下げた。

「どうしても、医者になる気はないのか？」

「はい。医者になるのがイヤというより、教師になりたいんです」

「梶川さんのような患者を救いたいとは思わないのか？」

それは父さんの言う通りだ。

瞳子のこともあって、医者として患者さんを救うという仕事に魅力を感じた。だけど教師も医者とは違う立場で命を救い、人生の選択を手助けできるのではないかと思った。

「医者も大切な仕事です。でも、教師になって人の心を救いたいんです」

目に見えない傷を癒したい。

「勝手にしろ。その代わり、お前は今後蓮見家の息子としては認めん！」

父さんはそう言い捨てて、リビングを出ていった。

認めてもらえなかったか。

だけど、今朝ほどは怒りの温度が高くなかったような気もする。

「涼……」

「出来の悪い息子でごめん」

母さんが沈んだ様子で俺の名を口にするので、頭を下げる。母さんの期待も裏切っているんだから。

「そんなことない。ごめんね」

「えっ……？」

母さんからも謝られて、なにがなんだかわからない。

「今日ずっと考えてたの。あなたの言う通りだった。お母さん、一度も褒めてあげた記憶がなくて。そんな人の言うことなんてきけないわよね」

まさかそんなことを言われるとは想定外で、言葉が出てこない。

「お母さん、ごくごく普通の家庭からこの家に嫁《とつ》いできて、蓮見病院の後継ぎにふさわしい男の子を生むことを期待されて……」

母さんの目にうっすらと涙が浮かんでいるのを見つけて動揺する。

母さんも、蓮見家の人間は優秀でなければならないという呪縛に苦しんできたひとりなんだ。

「幸いふたりもかわいい男の子が生まれてくれたのに、今度は医者にすることしか考えられなくなってしまった。自分の血筋《ちすじ》のせいで蓮見家がダメになったと言われるのが怖くて……。自分も苦しかったくせに、それ以上の苦しみを俊にも涼にも――」

こんな弱々しい母さんを見たのは初めてだ。母さんにも俺と同じようなジレンマがあってつらかったんだと知った。

「『蓮見さんのお子さんはふたりとも優秀ね』と言われるたびに、この評価を落としちゃいけないって必死になってあなたを叱った。あなたの気持ちなんてちっとも考えたことがなかった。最低な母親ね」

　痛々しいほど反省している様子の母さんが、気の毒にさえ思えてくる。

　たしかに俺の意志を聞いてくれたことは一度もないけど、母親同士のつながりでは子供の自慢合戦があるとも聞いたし、母さんも父さんと同じで周りの人たちからバカにされるのが怖かったのかも。

「大丈夫。まだやり直せるから。母さんの期待には応えられないかもしれないけど、俺、必死に生きるから」

　こんな会話をしたのは何年ぶりだろう。

　もっと話をしておけばよかった。どうせわかってもらえないと、壁を作っていた俺も悪い。

「……うん。お母さんにできることがあったら言ってね。でもお父さんもね、涼が生まれたとき、本当にうれしそうだったのよ。きっと、俊と涼と三人で病院を大きくしていこうって希望いっぱいだったんだと思う。お父さんもそうやって育ってきた人だから」

　俺はそれにうなずいた。

　たぶん父さんも、生まれたときから医者になると決められていて、疑うことなくその道を突き進んできたんだろう。

だから、俺が道をそれることが理解できないんだ。

「わかってる。だけど、俺は自分の信じた道を進みたい」

「うん」

父さんにはまだ理解してもらえないけど、母さんに認めてもらえてよかった。

「ご飯、温めるね」

「お願い」

俺は父さんを説得できなかった残念さと、母さんの本音を知れたうれしさとが入り混じった複雑な気持ちのまま、リビングのテーブルについた。


翌日も瞳子を駅で待っていた。約束したわけではないけれど、付き合うってそういうことかな、なんて。

「涼くん！　おはよ」

「おはよ。顔色は……いい？」

「うん、最近ぐっすり眠れるの。気持ちが落ち着いているからかな」

もしかして俺の影響？

ふたり並んで歩き始めると、クラスメイトがチラッと俺たちのことを見てから足早に行ってしまった。

やっぱり、照れくさいや。

「父さんに、教師になりたいと話したんだ」

「それで?」

瞳子は足を止め、目を丸くしている。

「やっぱり認めてはもらえなかった。でも俺、もう自分の意志は曲げないって決めたから」

どれだけ反対されても、自分の夢はあきらめない。心にそう誓っている。

「そっか。応援してる」

「サンキュ」

彼女が空から降ってきてから、俺は笑顔でいられることが増えた。

俺はあとはがむしゃらに突っ走るだけ。だけど、瞳子は……。

彼女の笑顔も守りたい。

「瞳子も……」

「ん?」

「ドナー、きっと見つかる。だからあきらめんな」

彼女の少し冷えた手をギュッと握りながらそう伝えると、瞳子は大きくうなずく。

「うん。ありがと」

瞳子はいつものように微笑んだが、なんとなくその笑顔に影がある気がして、胸が締めつけられた。

それから、俺は勉強に励む一方で、時間があれば瞳子と過ごす日々を送った。そしてついに、彼女が口にしていた三月二十六日まで、あと十七日。

その日になにか起こるんじゃないかと俺はひとりでソワソワしていたが、当の本人は悩んでいるようには見えない。

けれど、本当は苦しんでいるはずだ。

底抜けに明るい姿を見ていると、わざとそう振る舞っているように思えて、かえって胸が痛い。

心配で何度お見舞いに行くと言っても、「病状は変わらないから来ても一緒。そんな時間があるならデートして」と言うので、そうしている。

俺は着々と過ぎていく時間に焦りを感じていた。

三月に入って二度目の日曜の今日も、塾で午前の授業をこなしてから、ファミレスに集合だ。

「遅れてごめん、待った？」

「平気。先、紅茶飲んじゃった」

彼女は紅茶のカップで手を温めている。

「昼飯食べるよね？」

「……うん。ちょっと食欲がなくて、デザートにしようかな。涼くんは食べてよ」

彼女は笑顔を崩すことなくメニューを開いたけれど、俺はドキッとしていた。

「もしかして調子悪い？」

「あー、うん。ちょっと」

俺と視線を合わせようとしない彼女に、緊張が高まっていく。

「瞳子。死なせないぞ」

俺は彼女からメニューを取り上げ、手を握る。

逝くな。頼むから、消えないでくれ。

「……うん。実は肺炎《はいえん》になっちゃったの。体が弱ってるから、すぐに感染症《かんせんしょう》にかかっちゃうんだよね」

「肺炎って……」

こんなところでデザートを食ってる場合？

「体に戻らなくていいの？　離れてても一緒？」

どうすればいいのかわからなくて尋ねると、彼女は小さくうなずく。

「私もよくわかんない。でもね、この楽しい時間を削りたくない。もし、涼くんに会わずに病室にいて万が一のことがあったら、絶対に後悔するもん。ね、お願い」

万が一って……。

彼女のひと言ひと言が胸に突き刺さり、顔が険しくなる。

だけど、瞳子がそう望んでいるのにイヤとは言えない。

「わかった。けど、デザート食べたら戻ろう。俺が行けばいい」

そう提案すると、彼女は驚いている。

「でも……」

ためらうということは、病状がひどくて見られたくないってこと？

そんなふうに勘ぐって、いても立ってもいられない。

「ひどいのか？　それならすぐに行こう」

「あぁっ、違うから。私ね、涼くんとのデート、楽しみにしてたの」

瞳子は立ち上がった俺の腕をつかみ、ちょっと潤んだ目で見つめてくる。

「瞳子……」

「ね？　だから落ち着いて」

「……わかった」

楽しい時間を過ごしたいという彼女の気持ちもよくわかる。

それから俺はチーズハンバーグ。彼女はいちごとアイスがのったパンケーキを注文した。

食べ終わるとすぐに、瞳子の手をしっかり握って病院に向かう。

いつもは全部ペロリと食べる彼女が、三分の一ほど残しているのを見てますます心配が募ったものの、俺は笑顔でいることを心がけた。

俺に心配をかけまいと必死になっているように見える彼女は、そうしてほしいだろうから。

病院に入ると、「行くね」と彼女は姿を消す。俺はひとりでナースステーションに向かい、面会の記帳を始めた。

「梶川さんは、面会できません」

「どうしてですか？」

「今は面会謝絶《しゃぜつ》なんです」

看護師にそう告げられ、呆然と立ち尽くす。

「そんなにひどいんですか？」

重症じゃないか。

「蓮見さんはご家族では、ないですよね……」

そっか。病状を勝手に伝えることはできないよな。

どうしようか悩んでいると、ナースステーションにドクターがひとり入ってきた。すぐに奥へと入っていってしまったものの、話し声だけは聞こえてくる。

「五〇七の梶川さん、面会謝絶解除したから」

「あ……」

同じように聞こえていた看護師が、ニッコリ笑う。

「面会できるようになったみたいですね。よかったですね」

「ありがとうございます」

俺はお礼を言って、病室に向かった。

——トントントン。

ノックをすると「はい」と彼女より少し低めの女性の声で返事があり、驚いてしまう。

誰だろう。

ドアを開けるのをためらっているとスッと開いて、瞳子と目元がそっくりで小柄な女性が姿を現した。彼女のお母さんだ、きっと。

「あっ、あの……蓮見と言います。梶川さんの友達というかなんというか……」

だんだん声が小さくなる。

本当なら『お付き合いさせていただいています』なんて挨拶をすべきところなんだろうけど、お母さんの知っている彼女は、ベッドの上で眠ったままだ。

「瞳子のお友達？　まあ、お友達がいたなんて。初めまして、瞳子の母です」

お母さんが目を丸くしている。

そういえば、なかなか学校に行けなくて友達もできなかったと言っていたな。

「あのっ、調子が悪かったと看護師さんに聞いたのですが……」

「そうなの。数日前から微熱が続いて、感染症の兆候《ちょうこう》があってお薬を使っていたんだけど効かなくて。肺炎になってしまったから心配してたんだけど、昼過ぎてから嘘みたいによくなったの。あまりに急激に回復したから、お医者さんも驚いていらしたわ」

昼過ぎ、か。俺と会っていた頃だ。

もしも彼女の気持ちが上向いて体調もよくなったんだとしたら、こんなにうれしいことはない。

面会謝絶と聞いたときは、すぐにでも飛んでくるべきだったと思ったけど、やっぱり少しでもデートを楽しんでよかった。

「あぁっ、こんなところでごめんなさい。瞳子、意識がないのはご存じで？」

「はい」

「それなのに会いに来てくれるお友達がいるなんて。どうぞ中に入って」

お母さんの瞳が潤んできて、胸に迫るものがある。

「……彼女と話をしてもいいですか？」

「もちろん」

お母さんが出してくれた椅子に座り、また少し痩せたように見える瞳子の手を握る。

「瞳子ね、最近時々すごく幸せそうに微笑むのよ。楽しい夢でも見てるのかなって思ってたけど、蓮見さんのようなお友達がいたんなら、ホントにそうかもしれないわね」

お母さんはとても優しい目で瞳子を見つめて漏らす。

「そうだとうれしいです」

お母さんが彼女の微笑みを見たのが、もしかして俺と会っている間だったら……なんて思った。

「そうだわ、私、ちょっと洗濯に行ってきますね」

お母さんはそう言い残して出ていった。

ふたりきりにしてくれたのかもしれない。

「瞳子。面会謝絶なんてびっくりしたぞ」

手をギュッと握って話しかけると、ベッドを挟んだ向こう側に彼女はすっと姿を現した。

「ごめん。でもすごく体が軽くなって、面会謝絶が解けるんじゃないかと思ったから言わなかったの」

その通りになったのがすごいけど、自分の体のことだからわかるんだろうな。

「お母さんにもびっくりした。いるならいるって言っとけよ」

「うふふ。そうだよね。だけど、会ってほしかったんだ。私のことを大切に思ってくれる人がいるんだよって、お母さんに知っておいてほしかった」

そんなひと言に胸を打たれる。

思いやりのある彼女のことだから、お母さんを安心させたいんだろう。

「うん。俺、瞳子のことすごく大切。だから絶対に失いたくない」

まばたきすることなくじっと目を見つめながら伝えると、珍しく彼女のほうが動揺している。

「そういうこと、突然言わないでよ」

「瞳子こそいつも突然じゃないか」

目を丸くしているのは俺のほうだぞ?

「それじゃあ、おあいこだね」

彼女が緩やかに微笑むのを見て、ホッとしていた。ファミレスにいたときより元気そうだ。

「さっきね、涼くんがレストランで手を握ってくれてから、すごくよくなった。愛の力は偉大だね」

「ほら、そういうこと突然言う」

指摘すると「ホントだ」と彼女はケラケラ笑っている。

照れくさくて視線が泳ぐ。

「涼くんが初めてできた友達なの。それで初めてできた彼氏。私の初めては全部涼くん」

「その言い方、ちょっと語弊《ごへい》がないか？」

俺は自分の顔が真っ赤に染まるのを感じながら、一応抗議する。

「だってマンガとか小説に、そういうシーンいっぱい出てくるんだよ。憧れるじゃない」

「それはフィクションじゃん」

「えー」

口をとがらせる彼女を見て、手に妙な汗をかく。

そんな俺を見て瞳子はお腹を抱えて笑いだした。

「からかうなよ！」

「からかってなんてないよ」

突然真剣な表情で、声のトーンを落とした彼女に目を見張る。

「だって、時間がないんだもん。楽しいことは全部したいの。今回はたまたま薬も効いて、涼くんのおかげで戻ってこられたけど――」

「わかった。もう言わなくていいから」

心臓を自力では動かせず体力が落ちている彼女は、俺たちにはなんでもない細菌《さいきん》に感染してしまうんだろうし、それで命を落とす可能性だってある。

今回も〝たまたま〟助かっただけなのかもしれない。

そんなことは考えたくないけれど、それが現実。

「ごめん。デリカシーがなかった」

「ううん。デリカシーがないのは私かも。でもね、やっぱり焦るの。あー、ダメだ。涼くんと一緒にいるときは笑ってようと思ったのに」

彼女がポロポロと涙をこぼし始めたのを見て、胸が押しつぶされそうになる。

「いいんだ。好きなだけ泣けばいい」

「バカ。止まらなくなるでしょ？」

俺はベッドを回り込み、瞳子の隣まで行って抱き締めた。

「俺、一応彼氏なんだから、なぐさめさせてよ」

「涼くん……」

背中に回した手に力を込めると、瞳子の嗚咽《おえつ》が大きくなり体が小刻みに震え始める。

「怖いの。死にたくない。まだ涼くんと一緒にいたい」

いつも明るい瞳子の心からの叫びは、俺の涙腺《るいせん》も崩壊させた。

「俺だって一緒にいたい。ずっと一緒に。死なせないって言っただろ」

だけど、父さんも治療が難しいと言う彼女をどうしたら救えるのかわからない。

俺にはただ、手をつないでいることしか思いつかない。

いや、この心臓を彼女に差し出せば……。

そんな考えが一瞬頭をよぎる。

こんなに懸命に生きている瞳子と俺。どちらが生き残ればいいんだ？

「涼くん、なに考えてる？」

「えっ、いや……」

彼女にはすべて見透かされているような気がして、適当な嘘がつけない。

「いらないよ。選んでいいって前に言ったけど、もう涼くんは選んだの。これは、涼くんのもの」

目を真っ赤にしている彼女は、俺の胸をトントンと叩き訴える。

「『選んだ』って？」

「叱られるとわかっていて、お父さんに教師になりたいって言ったんでしょ？　未来のために勉強してるんでしょ？」

そっか。俺はもう完全に自分が生きる道を選択しているんだ。

「ひどいヤツだな、俺」

その心の移り変わりを彼女の目の前で見せていたなんて、どれだけ残酷《ざんこく》なことをしたんだ、俺は。

「どうして？　私、うれしいんだよ。死ぬのは怖いし、不安でたまらない。だけど、涼くんが自分で人生を切り開こうとしているのは、すごく素敵だもの。もし出会った頃のままだったら、私はまだ涼くんの心臓を狙ってたと思う。でも、今はいらない」

「だけど、それじゃあ瞳子が……」

「今、涼くんが私に思ってくれている気持ち、そっくりそのまま返す」

「えっ……」

俺と視線を合わせた彼女は、大きく息を吸い込んでから再び口を開く。

「私だって、大切な人が死んじゃうのは耐えられないんだよ」

コップの水があふれるように、大きな瞳から透明の涙を流す彼女の頬に思わず触れる。

「どうして、一緒に生きられないんだ……」

俺は唇を噛み締めた。

「どうしてかな。でもね、涼くんを探してよかった。ずっと行きたかった学校にも行けたし、友達と話すのも楽しかった。ベッドの上では知ることのできない世界を経験できたの」

「うん」

瞳子が泣きながら笑みを作るのが、かえってつらい。

「心臓を狙ってたはずの涼くんと恋までして、なんと初彼氏になってもらえて……生まれてきてよかったって」

「瞳子……」

彼女の告白に、どうしたって顔がゆがむ。

「涼くんは死にたいと思っていたことを後悔しているみたいだけど、本当は私も死にたかったの。いつも病院に閉じ込められて、手や足にいっぱい注射針を刺され、薬はどんどん増えるし副作用で顔がパンパンに腫《は》れちゃったりして、そのたびに泣いてた」

まさか、彼女もそんなふうにと思っていたとは。

「ちょっとよくなって学校に行けても、もう友達の輪ができていて入れないし、やっとクラスの子と話せたと思ったら次の日からまた休まなくちゃいけなくなって、結局ふりだし。仕方ないから、マンガや小説を読んで経験したことのない学校生活を脳内に補充《ほじゅう》してたの」

だからこそ憧れが強いんだろう。

「挙《あ》げ句《く》の果てには心臓がダメだと宣告《せんこく》されて、こんなに我慢してきたのになんなんだろうって。もう死んでしまいたいって」

「俺、なにもわかってなかった……」

瞳子は明るいから、俺と同じように絶望の淵《ふち》にいたとは気づけなかった。いつも希望を抱いているものだと思ってた。

「私はもういいの。涼くんは、生きていることを楽しいものに変えてくれた恩人なんだよ。寝たきりで意識もなくなっちゃったけど、涼くんに会えて本当によかった」

こんなに悲しい話をしているのに、彼女は俺にお礼まで言う。

瞳子のような強さと優しさを持てる人になりたい。

だけど……。

「俺、どうしてもあきらめられないよ」

「ありがとう。私もまだ頑張る。一秒でも長く、涼くんと生きる」

そう言い切ったときの彼女は、もう泣いてはいなかった。


翌日。瞳子は学校を休んだ。

まだ食欲がないと言う彼女に、俺がそうすることをすすめたからだ。

いくら飛び回れるほうの瞳子が楽しいからといって、無理をして体力が落ちすぎて死期が早まるなんてことがあってはならない。

「今日、彼女は？」

　裕司がニタニタしながら聞いてくる。

「風邪ひいたみたい」

「そっか。お見舞い行くの？　彼氏ならそういうもんだろ？」

「そうだな。行くつもり」

　もう茶化されたって恥ずかしくない。

「あれ、やけに素直じゃん」

「瞳子のことが大切だから」

「お前、熱でもあるんじゃない？」

　こういう発言をしたのが初めてだからか、裕司が目を白黒させている。

「熱があるのは瞳子だろ」

　そんなやり取りをしていると、瞳子と仲良くしている女子が数人、俺のところにやってきた。

「瞳子大丈夫かな？」

「うん。すぐに復活するよ」

「お見舞いに行きたいんだけど、家を知らなくて……」

それを聞いてドキッとする。病院に案内するわけにはいかない。

「風邪がうつると悪いって言ってたから、気持ちだけ伝えておくよ」

瞳子。心配してくれる友達がいっぱいいるぞ。よかったな。

これも、彼女がいつも周囲に気を使えているからだと思う。褒めることを忘れず、人の長所を探すのがうまいからだと。

「うん。それじゃあお願いね。ノートはコピーしておくから心配しないでって」

「ありがとう。喜ぶよ」

俺のノートを渡そうと思っていたけど、みんなのコピーのほうが喜びそうだ。

友達がたくさん欲しいというのも、瞳子の願望だから。


学校が終わると病院へ直行。塾は休むと母さんに連絡した。

瞳子の命に期限があるのなら、少しでも長く一緒にいたい。

「こんにちは」

病室に行くと彼女のお母さんがいた。

「あら。蓮見さん、また来てくれたのね」

「はい。いいですか？」

「もちろんよ。あの、蓮見ってお名前、院長先生と同じだけど……」

お母さんが控えめに聞いてくるのでうなずいた。

「はい、父です」

「そうだったんですか。院長先生には本当にお世話になっていて。家から瞳子のところに毎日通えているのも、最先端の医療を受けられるのも、先生のおかげなんです」

瞳子の言っていた通りだった。

あれから口をきいてくれなくなった父さんだけど、誇らしく感じる。

「ありがとうございます。父に伝えておきます」

「さ、どうぞ」

俺はお母さんに小さく頭を下げてから、ベッドサイドに向かった。

「瞳子、来たぞ」

穏やかな顔をして眠っている彼女に声をかけて、手を握る。

すると、ピクッと動いた気がして笑みがこぼれる。

「瞳子ね、なかなか学校に行けなくて、お友達ができないっていつも泣いてたんですよ。かわいそうだったけど、病気を治すのが先だと必死になだめてきたの」

彼女の髪を撫でながら話すお母さんは、とても優しい目をしている。

「瞳子の病状については知ってるかしら？」

「はい、簡単にですが」

彼女にサルコイドーシスと聞いてから、俺なりにいろいろ調べた。

「最初は、七十パーセントくらいの人が二年も経てば治療しなくても症状がなくなると聞いていたから、ぜんぜん心配してなかった。だから、治療が必要だった瞳子にも、きちんと病気をやっつけてから学校に行こうねって……」

お母さんはうっすらと涙を浮かべている。

「でも、なかなか治癒《ちゆ》しなかった。それどころか重症例で……」

言葉をつまらせるお母さんは、両手で顔を覆っている。

「二年だけ頑張ろうって、嘘ついちゃったんです。病院から出られなくなるなら、もっと元気なうちに学校にも――」

お母さんはそんな後悔を抱えているのか。

瞳子はもちろんつらかっただろうけど、家族もつらかっただろうな。

「彼女は嘘をつかれたなんて思ってません。きっと、ずっとそばで看病してくれるお母さんに感謝してると思います」

「そうだといいんだけど」

「そうですよ。瞳子さんは、周りに気を使える優しい女の子ですから。それに、今でも強く生きています。お母さんを泣かせたくないから」

瞳子を見つめながらそう口にすると、お母さんが嗚咽を漏らし始めた。

「そうね。ダメね。瞳子の前で泣いたりなんかして。頑張ってくれてるのにね」

お母さんはハンカチで目頭を押さえているが、涙が止まらない。

「ごめんなさい。ちょっとお任せしていいかしら。情けない顔を洗ってくるわ」

「はい」

瞳子の前でこれ以上泣きたくなかったんだろう。お母さんはいったん病室を出ていった。

そのあとすぐ、いつもの瞳子が姿を現す。

「涼くん、ありがと」

「ん？」

「お母さんに、感謝してるって伝えてくれて」

彼女がうれしそうに微笑むのでうなずく。

両親が治療を優先させた気持ちを彼女は絶対に理解していると思ったのであんなことを口走ったが、やっぱり間違いじゃなかった。

「お安い御用だ。瞳子、体調は？」

「うん、かなりよくなったよ」

その言葉通り、眠っている瞳子も顔色がよくなっている。

「よかった。みんな心配してたぞ。お見舞いに行きたいって」

「ホントに？」

「うん。ノートはコピーしておくから心配ないって。みんな、瞳子のことが好きなんだよ」

そう伝えると、瞳子は一見《いっけん》泣きそうで、それでいてうれしそうな複雑な表情を浮かべている。

うれし泣き、ってやつかな。

「あはっ。私ったら意外と人気者」

「裕司よりは確実に」

裕司どころか、クラスで彼女のことを嫌いなヤツなんていないないと思う。

「えっ、間瀬くんに悪いよ」

「だって本当のことだし」

悪びれもせず言い放つと、瞳子はクスリと笑みを漏らす。

思ったより回復していて安心した。

「あれっ、塾は？」

「休んだ。言っておくけどさぼりじゃなく欠席。ここで勉強していい？」

そう尋ねると、彼女はあ然としている。

「いいの？」

「うん。母さんには電話しておいた。今日帰ったら、しばらく塾は休んでここで勉強したいって言うつもり。テキストや問題集は手元にあるから自分で進めて、わからないことを何日かに一回、塾に行って質問すればなんとかなるはず」

「そんなの悪いよ。私のためでしょ？」

「違うよ。俺のため。俺が瞳子と一緒にいたいから。けど、成績が下がったら瞳子は自分のせいだと悩みそうだから、絶対に下げない。一緒に勉強する？」

「うん！」

勉強に誘われてこんなに目を輝かせるヤツを他に知らない。

本当は、彼女と一緒にいるときに勉強なんてしたくない。だけど、『自分の知らないことを学べるって、楽しい』とか、『普通の高校生活を楽しみたい』と言っていた彼女は、もしかしたら勉強の時間ですら楽しいかもしれないと思ったんだ。

それから彼女が眠るベッドの隅に問題集を広げて解き始めた。

「瞳子。化学やるけど、これ解ける？」

俺が問題集を手渡すと、しばし考え化学式を書き込み始める。

「瞳子って、字がきれいだね」

「ヤダ。字じゃなくて、私でしょ？」

まったく。いちいちからかうな！

「まあ、そうだけど」

俺がそう付け足すと、彼女の手が止まった。

「今日はサービスデー？」

「なんだそれ！」

「だって、ドキドキしすぎて心臓止まりそう」

彼女は胸を手で押さえる。

本当に止まるかもしれないと宣告されている人間の言葉とは思えないが、冗談が言えるほど自分の今の状況を受け入れているのかもしれない。

「ヤバイ。それなら、もう言わない」

「えっ、ダメ。毎日サービスしてよ！」

焦りまくる瞳子がおかしい。

でも、こんなことで彼女が元気になるのなら、いくらでもサービスする。

「それで、解けた？」

「なんだ。クールなんだね。耳赤いけど」

そう指摘された瞬間耳を押さえてしまったので、クールを〝装って〟いることがバレてしまった。

「あはは。ごめん。勉強します」

真顔に戻った彼女は再び問題に集中し始めた。

それからすぐにお母さんが戻ってきて、勉強をしている俺を見て驚いている。お母さんには問題を解いている瞳子が見えないのだから奇妙な光景だろう。

「す、すみません」

「いいのよ。瞳子ね、こうやってお友達と一緒に勉強したかっただろうから、その願いを叶えてくれているみたいで驚いたの。すごくありがたいわ。でも、蓮見さんはここにいても大丈夫？」

「はい。瞳子さんと一緒にいるとはかどるんです。さぼると叱られそうで」

ちょっとおどけて言うと、お母さんは目尻を下げる。

「そうそう。瞳子はズバズバものを言うところがあって。でも裏表のない、いい子なのよ」

まったくその通り。彼女は裏表がない優しい女の子だ。

「はい。僕もそう思います」

そう伝えると、お母さんの目が大きくなり、顔に喜びが広がった。

「瞳子のことを知ってくれているお友達がいるなんてうれしいわ。ふたりのお邪魔をしちゃ悪いから、今日は帰りますね。よければまた来てやっていただけますか？」

「もちろんです」

お母さんに『お邪魔しちゃ悪い』なんて言われ、また耳が赤くなっている気がして、見送ったあと無意識に耳に触れていた。

「涼くん、照れてる」

「う、うるさいな」

すぐさま指摘してくる瞳子に口をとがらせると、クスクス笑っている。

「なんかうれしかったな。彼氏を紹介できた気分」

「そういうシーンもマンガに出てくるの？」

「うん。反対されても愛を貫くのも素敵だけど、やっぱり認めてもらえるとうれしいよね」

彼女は頬を上気させ、なめらかに語る。

「まあ、そうだな」

瞳子が元気なら、俺の両親にもいつか紹介したかった。ふとそんなことを考えて切ない気持ちになる。

「でも、やっぱりサービスデーみたいね」

「どうして？　……あ」

『裏表のない、いい子』を肯定したからか。

「うれしいな。そんなふうに思ってくれてて。でも、お母さんも、そう……」

突然瞳を潤ませる彼女は、本当はもっともっと家族との時間を持ちたかったんだろう。

俺が兄さんのことをずっと誤解していたみたいに、家族とはいえ口に出さなければわからないこともある。

「当たり前だろ。お父さんもお母さんも、瞳子のことが大切でたまらないんだ。自慢の娘なんだよ、きっと」

「寝たきりで迷惑かけても？」

そんなことを気にしていたのか。

看病の感謝を超えて罪悪感まで抱いているのが、優しい彼女らしいけど。

「迷惑なわけがないだろ。そりゃあ看病が大変じゃないとは言わない。だけど、瞳子のそばにいられて絶対に幸せだと思うぞ。お母さん、すごく穏やかな顔をして笑うじゃないか。だから、瞳子はもっと生きるんだ」

「……うん」

やっと笑顔を取り戻した瞳子の頭をポンポンと叩いて励ます。

自分が大変なのに、こうして周りに気を配れる彼女と一緒にいられて、俺も本当に幸せだ。

「瞳子は……俺の自慢の彼女、だし」

さすがに恥ずかしくて声が小さくなったけど、瞳子にはしっかり拾われた。

「あぁ、涼くんのストレートな言葉って、妙に照れる！」

彼女は両頬を押さえて喜びを噛み締めているが、俺はそれを見て恥ずかしさのあまり顔が沸騰しそうになった。

「もー、勉強するぞ。瞳子もなんか教えてよ」

耐えきれなくなりあからさまに話を変えると、彼女はクスクス笑っている。

「でも、私が化学苦手って知ってるでしょ？」

「植物とか花のことでもいいよ」

外でデートが大変なら、室内で思い出を積み重ねればいい。自慢の彼女と一緒なら、なんでも楽しい。

「それならいっぱい知ってる。図鑑がボロボロになるまで読んだからね」

彼女の知識は、図鑑や小説やマンガなんだろう。外で実際に目にすることができなかったのだから、彼女の世界はそこにある。

それなら俺が彼女に歩み寄ればいい。

「なににしようかな。うーん。それじゃあ、私の誕生花《たんじょうか》のスイートピーについて」

「誕生花？　誕生日、いつなの？」

「三月十五日」

それを聞き顎が外れそうになる。

「今週の土曜じゃん。どうして早く言わないんだ！」

「だって、聞かれてないし。涼くんの誕生日も知らないよ」

そう言われるとそうだけど、『もうすぐだよ』なんてほのめかせば、プレゼントも考えられるだろ？

「俺は一月十六日」

誕生日を教えると、彼女はベッドの横の棚から厚い本を取り出し、めくり始めた。

「えっ、一月十六日の誕生花、マツユキ草だって！」

彼女が以前、〝死〟と〝希望〟とふたつの意味があると教えてくれたあの花のことだ。

「へぇ、偶然」

「でも、一月十六日ならもう知り合ってたのに聞いてないよ」

「付き合ってなかっただろ？」

いちいち誕生日を言いふらして歩いたりしないぞ。

「まあ、そうだけどね」

「で、スイートピーの話は？」

俺が話をもとに戻すと、彼女の表情が柔らかくなる。

「スイートピーがどんな花か知ってる？」

「なんとなくは。マメの花っぽいよね」

「あはは。そう、マメ科なの。えぇっと、これ」

図鑑をめくり、スイートピーの写真を見せてくれた彼女は続ける。

「花の色がいろいろあって、とっても華やかよね。春に咲くんだけど、この花の形が今にも飛び立ちそうな蝶《ちょう》に見えるから、〝門出《かどで》〟っていう花言葉があるの。それと〝別離〟っていうのもね」

あとで『別離』を付け加えた彼女は、一瞬視線を落とす。

でもすぐに顔を上げ、俺に微笑んでみせる。

「だから、卒業とか入学のお祝いに贈るといいんだよ。卒業して別れるのはつらいけど、入学という門出が待っている。人生ってそういうことの繰り返しよね」

「……うん」

相づちを打ったものの、彼女が自分の〝死〟を思っている気がして複雑だ。

「ねぇ、涼くん。私、もうお父さんともお母さんとも話せないの。ふたりが知っている梶川瞳子は、ベッドに眠っている私だから」

「そっか」

突然なにを言いだしたんだろう。

悲しいけれど、元気に動き回っている姿を現すことができないということか。

たしかに、混乱させるようなことはしないほうがいい気がする。元気になれるのならいいんだけど……。

「それで、お願い。もし私が死んだら……最期はスイートピーでいっぱいにしてほしいって伝えて」

最期って……。

「なに言ってるんだ。そんなこと……」

そんなことを言われたって、到底《とうてい》受け入れられない。

「ごめん。涼くんにしか頼めないから」

そうだとしても、瞳子の発言が衝撃すぎて脳が考えることを放棄《ほうき》しようとする。

情けないことに、それからしばらくなにも言えなかった。唇を噛み締めていなければ、涙があふれてきそうだ。

「涼くんにそんな顔をさせたかったわけじゃないの」

肩を落とした瞳子は、バタンと図鑑を閉じてしまった。

「俺、瞳子を逝かせるつもりはないんだ。絶対に死なせない」

と言っても、なにか策があるわけじゃない。だけどそんな気持ちでいっぱいだ。

「ごめん。そうだよね。さっきのはなかったことにして」

「……うん」

俺がもっと強ければ、彼女をなぐさめる言葉を口にできたのかもしれない。いや、強くても無理だった。

彼女の死を受け入れるつもりはないのだから。

「もー、ごめんてば。ほら、笑って」

瞳子は俺の両頬をつかみ、引っ張る。

つらいのは彼女のほう。俺が沈んでいるわけにはいかない。楽しい時間を積み重ねないと。

「わかった。誕生日のお祝いしよう。なにか欲しいものない？」

「んー」

瞳子が腕を組み考えだしたのを見て、無意識に自分の胸に手を当てる。

きっと一番欲しいのはこの心臓だ。

どうしたらいいんだ。

せめて寿命《じゅみょう》をふたつに分けられたら、彼女に半分差し出すのに。

そんなことを悶々と考えていると、瞳子はそれに気づいたのか俺の手を握る。

「残念ながら違うよ。私が欲しいものはこれじゃない。涼くん、私とデートして。涼くんの一日を、私にください」

「そんなことでいいの？」

「うん。それがいい！」

まさかの願いに驚き、そして照れる。

やっぱりずっと一緒にいたい。

「それじゃあ、たっぷり楽しもうな」

瞳子の手を強く握りながらそう言うと、彼女は満面の笑みを浮かべた。

桜の木の下で

そして迎えた土曜。

俺は瞳子とのデートに向かった。

ベッドで眠る彼女は安定しているとはいえ、また肺炎にかからないとは言えない。前回は回復《かいふく》できたものの、次もそうとは限らないと思うと、今日のデートは貴重だ。

いや、ずっと一緒にいるんだ。俺が弱気になってどうする。

駅まで行くと、瞳子はベンチに座って待っていてくれた。

「瞳子！」

「おはよ。ちょっと、今、胸キュンってやつしちゃった。『瞳子！』って彼氏が駆け寄ってくるの憧れだったんだ」

彼女はいつもこういうことを平気な顔して口にするので、恥ずかしくてたまらない。だけど、彼女の憧れをひとつ叶えられたと思えば、まあいいか。

「茶化すな」

「えへへ」

肩をすくめてみせるものの、反省している様子はない。

「誕生日おめでとう」

「ありがとう。梶川瞳子、十七歳です」

まだ十七年しか生きてないんだぞ。もっと生きるんだ。

俺は心の中で唱えてから、カバンを開けてあるものを取り出す。

「これ、プレゼント」

「えっ、嘘。一緒にいてくれるだけでいいのに。開けていい？」

「うん」

彼女に渡したのは、一見本物に見えるような造花をあしらったヘアクリップ。店で見かけて、花屋になりたい彼女にぴったりだと思って購入した。

「うわー、すごくかわいい。ねぇねぇ、つけて」

瞳子は興奮気味に、俺の腕をポンポン叩く。

「俺が？　無理だって。不器用だし」

思いきり首を振って拒否したのに「お願い」と譲らない。

「もしかして、これも憧れってやつ？」

「当たり。昔読んだマンガに出てくるの。気になる男の子に髪を触れられてドキドキしちゃうシーン」

ここまでネタばらしされると、笑いが込み上げてくる。

「わかったよ。どうなっても知らないぞ」

瞳子は『ドキドキしちゃう』なんて言ったけど、ドキドキするのは俺のほうかもしれない。

サラサラの長い髪に思いきって触れ、耳の上あたりの髪をひとつに束ねてクリップで適当に挟《はさ》む。

よく女子がしている髪形をまねてみたんだけど、これでいいのだろうか。

「ありがとう！　髪につけちゃうと自分では見えないね」

彼女はテンション高めに、駅の待合室の窓に映る自分の姿を確認している。

「はー、すごく幸せ」

「大げさだよ」

俺がふと漏らすと、彼女は真剣な顔をして首を振る。

「ホントだよ。こんな経験、もうできないと思ってたもん」

瞳子は笑みを浮かべてはいたが、その言葉にハッとさせられる。きっとたくさんあきらめてきたものがあるんだろう。

「全部やろう。瞳子がやりたいことは全部」

あきらめなくていいんだ。一緒に叶えよう。

きっと自由に飛び回れる体は、神様からの贈り物。今まで必死に耐えてきた彼女へのご褒美《ほうび》なんだ。

「ありがと」

俺が手を差し出すと、彼女はうれしそうに握った。


その日は、瞳子が望んでいるデートプランを叶えることにした。

「まずは映画でしょ！」

「もしかして、映画見たことない？」

尋ねると、「小さい頃にアニメは見たよ」と返された。

俺たち健康な人間とは、圧倒的に経験値が違うと思わされる。

「じゃ、瞳子の好きな作品どうぞ」

「んー、そうだな。これ」

瞳子が指さしたのは、恋愛ものだった。たしかこの話は高校生の甘酸っぱい青春を描いた作品で、彼女は好きそうだ。

「あれ、照れてる？」

「違うよ。ほら、チケット買うぞ」

瞳子とふたりで恋愛ものを見るなんて、照れくさいに決まってる。

一番うしろの真ん中あたりの席に陣取った俺たちは、上映が開始すると吸い込まれるようにその世界に浸っていた。

俺は主人公たちより、ときおり登場する背景の桜並木や真っ青な空に釘づけになっていた。

瞳子はこんな光景を病室の窓から見ていたのかもしれない。

一年でほんのわずかな間だけ、淡いピンクの花を全力で咲かせてみせる桜の木。

このときのために寒い冬を耐え、一気に力を爆発させたような光景に、心を奪われる。

ふと隣の瞳子に視線を送ると、彼女はなぜか泣いていた。

悲しいシーンなどまだひとつもないのに、どうしてだろう。

やっぱり、寝たきりになってしまった日のことを思いだしているんだろうか。

俺はなにも言わずに瞳子の手を握った。すると、彼女は一瞬驚いたものの握り返してくる。

それからエンドロールが流れるまで、俺たちはずっと手をつないでいた。

彼女はとんでもない発言も多いけどその大部分はとてつもなく純粋で、誰だって持つような感情ばかり。

ただ、俺たちはそれを口にしないだけ。

瞳子は命の終わりを意識しているからこそ、声に出して早く願いが叶うように仕向けているに違いない。

そんな彼女の清らかな心に触れていると、俺の心まで洗われるような気持になる。

「瞳子？」

エンドロールが終わっても、いつまでも席を立とうとしない彼女に声をかける。すると、ハッとした様子で俺を見つめ、頬をそっと拭った。

「ごめん。感動しちゃって」

これは感動の涙だろうか。

たしかに、様々な障害を乗り越えてヒーローとヒロインが結ばれたシーンには心が動いたが、瞳子はそれよりずっと前から泣いていた。

そう、あの桜のシーンから。

「桜……」

俺がボソッとつぶやくと、瞳子の目がキョロッと動く。

「ねぇ、瞳子。桜が満開の日に倒れたんだよね。だから？　だから悲しいの？」

今までならこれほどストレートに聞けなかった。

でも、全部知りたい。彼女が本当は昏睡に陥っていて、ここにいるなんてあり得ないことだと知っているのだから、これ以上驚くことなんてない。

「どうかな」

「またごまかす」

俺は叱るように言った。

そんなにひとりで背負うな。俺にはなにもできないの？

「……涼くん、ふたりきりで話したい」

すると瞳子はなにかを決意したように表情をキリッとさせ、俺に告げる。

なにか重要な話をするのかもしれない。いつものようにおちゃらけてはいない瞳子を見ながら、そう感じた。

「わかった。どこに行こうか……」

「ね、植物園に行こう。ここからなら二駅だし」

「うん、いいね！」

もう一度行くという約束が果たせる。

それに、温室は暖かいとはいえこの時期は客も少ない。しかも、彼女が心落ち着く場所というのがいい。

俺は彼女の手を引き、さっそく植物園へ向かった。

「あのね、温室の奥にあまり人が来ない場所があるの」

「それじゃ、そこに行こう」

先日教えられたようにコートをロッカーにしまい案内してくれる彼女に続くと、迷うことなくどんどん奥に入っていく。

「この辺りは薬草ばかりなの。薬草って、そんなに興味ないでしょ？　だからいつも空いてるんだ」

彼女はそんなことを言いながらその先に進む。すると、行き止まりにベンチがあった。

「誰もいないね」

「でしょ？　小さい頃迷子になってここで泣いてたの」

「まさかの迷子！」

そんなエピソードがあったとは。

彼女はクスッと笑みを漏らしたあと、ベンチに座り「ここ」と俺を促す。

「それで、なんだったっけ」

「またとぼける。俺、瞳子の彼氏なんだよね。それなら瞳子のこともっと知りたいし、つらいことがあるならなぐさめたい」

胸の内を打ち明けると、彼女は「ありがと」と小声でつぶやいてから大きく息を吸った。

「私ね、知ってるの」

「なにを？」

「命の終わり」

まるで他人事のように表情ひとつ変えず、淡々と語る瞳子が信じられない。

「それって……」

「うん。自分がいつ死ぬか。それが三月二十六日の桜が満開になる日なのよね」

衝撃の発言に、完全に固まる。

それでその日に俺の心臓を奪うと言っていたんだ。単に満開に思い入れがあるからじゃなくて、その日がタイムリミットだったのか。俺の悪い勘は当たっていたんだ。

って……。待てよ。今日は十五日。あと十一日しかない。

改めてそれに気づいてあ然とする。

「涼くん大丈夫？」

「瞳子……、わかってるの？」

「ん？　死ぬってこと？　わかってるよ」

なんだろう、このとんでもない会話は。

「俺はイヤだ！」

瞳子だってさっき泣いてたじゃないか。あの涙は、死にたくないっていう意味じゃないの？

「ありがと。そう言ってもらえるとうれしい、かも」

彼女は少し困ったような笑みを浮かべている。

「『うれしい』なんて悠長《ゆうちょう》なことを言ってる場合？　なんとかしないと」

「無理だよ。決まってるんだもん」

「決まってたってあきらめられるか！」

大きな声を出し立ち上がったからか、彼女は目を丸くしている。

「俺、瞳子みたいに冷静ではいられないよ。どうしたら……」

おそらく、三月二十六日がタイムリミットであることは嘘ではない。彼女は冗談は言うけど、俺を本気で困らせるような嘘はつかない。

「この心臓をふたりで分け合うことはできない？　寿命が半分になってもいい。瞳子が生きられるならそれでも」

「涼くん、優しすぎるよ。そういうところが好き」

彼女ははにかみながらそう口にするが、命の話をしているんだぞ？

「なぁ瞳子。頼むから真面目に――」

「私は真面目だよ」

俺の言葉を遮った彼女が、珍しく神妙《しんみょう》な面持ちなのでドキッとする。

「あと十一日しかこうして涼くんと過ごせないなら、楽しく過ごしたいの。ダメ？」

彼女の発言を聞き、胸をえぐるような痛みが走る。

まだ十一日あるんだぞ。運命にあらがえるなら全力であらがうべきだ。物わかりがよすぎる。

「俺だって、瞳子と楽しく過ごしたい。十一日だけじゃなくて、もっと一緒にいたい」

初めて会ったとき、とてつもなく怖い存在だった彼女がこんなにも愛おしい。

「ありがとう」

「瞳子が教えてくれたんだよ。戦えって」

『飛び出すんじゃなくて、戦うの。堂々と自分の人生の行き先を自分で選ぶの』

彼女は以前、俺にそう言った。

それなのに、自分はどうしてそんなに簡単にあきらめるんだ。もっと戦えよ！

俺がそう伝えると、彼女の瞳がうっすらと潤んでくる。

「えへへ。涼くんに出会えて幸せだな。生きているって素敵だね。あぁっ、ダメだ。らしくない」

小さく首を振り目を閉じた瞬間、ひと粒の涙が頬を伝った。

「瞳子」

俺はたまらず彼女を抱き締めていた。するとすぐに嗚咽が聞こえだし、彼女の体が小刻みに震える。

「死にたく、ない。ずっと涼くんと一緒にいたい」

「瞳子……」

やっと本音を口にした彼女が、俺のシャツをギュッと握る。

「なんのためにに生まれてきたんだろうってずっと思ってた。みんなと同じように学校にも行けず、長い間病院に閉じ込められて……。こんなことなら生まれてきたくなかったって。でも、涼くんに出会って——」

俺は思いのたけを吐き出し始めた瞳子を、よりいっそう強く抱き締める。

泣いている彼女は声がかすれて続かない。

「なぁ、この心臓を半分ずつにしよう。そうしていつか一緒に逝こう」

「そんな優しいこと言っちゃダメ。未練たらたらになっちゃう」

「優しくなんかないだろ。全部あげるとは言えないんだ……」

そう伝えると、瞳子は何度も首を振っている。

「そんなの当然だよ。これは涼くんのものだもん」

彼女は少し離れ、俺の胸に触れる。

そして真っ赤になった目で俺を見つめた。

「半分くれるなんて、ホント優しい。でもね、命は分けられないの」

クソッ。なんとかならないのか……。

唇を噛み締めると、彼女はふと口元を緩める。

「私、涼くんが心臓を捨てようとしているのを見つけたとき、これをもらえば病院から出られるって喜んじゃった。でも、一緒にいるようになって、心臓をもらうことより楽しい時間を共有できることのほうがうれしいんだって気づいたの」

「俺だって瞳子と一緒にいると楽しいんだ。ずっと一緒にいたいんだ」

いつの間にか俺の目からも涙があふれ出していた。

「ありがとう。私ね、ずっと外に出たいと思ってた。みんなと同じようにはしゃいでみたいって。死の間際にそれが叶ったなんて皮肉《ひにく》だね。こんな楽しい時間を経験したら、死にたくなくなるに決まってるのに」

なんて悲しい告白なんだろう。

「どうしたらいいんだ……」

あと十一日で瞳子と別れられるわけがない。

「ね、それまで一緒にいて。私と楽しい時間を過ごして。あっ、もちろん勉強優先でいいよ」

勉強なんてしてられるか。そんなものはあとからどれだけでも巻き返してやる。

「瞳子。なにか方法はない？　……あっ、自殺したい人を見つける、とか？」

自分でひどいことを口にしているのはわかっている。でも、瞳子が助かるならなんでもやる。

「ダメ、探さないで」

「どうして？」

もう時間がないんだぞ？

「私、最初は自分の夢が叶えられるなら、死にたい人の心臓をもらったってなんてことないと思ってた。だけど、涼くんと一緒にいるうちにその気持ちは変わっていった」

どう変わったっていうんだ？

「変わったのは俺の気持ちで、瞳子はそれに気づいたから心臓を持っていけなくなったんだろ？」

俺に死にたいという気持ちがなくなっていったから、瞳子はそれを察したんだ。

「それもあるけど……。私、死にたいと願う人がいたら『生きて』って伝えたいの。まだ知らないだけで、人生には楽しいことがいっぱいあるんだよって。そう思うようになったのは、涼くんが生きることを選択してくれて、すごくうれしかったからなの」

そんな……。俺の選択が彼女を追い詰めたのか？

俺が死にたいと思っていれば、瞳子はためらいなく俺の心臓を奪えた？

「瞳子は俺と出会って幸せになったの？　それとも不幸になったの？」

「幸せに決まってるじゃない。叶えたかった夢を、涼くんはたくさん実現してくれた」

瞳子は芯《しん》が強くて優しい。誰かの命を、やすやすと奪えるような子じゃない。

それは分かっているけど、やりきれない。

「ねぇ、涼くん。だから笑って。もっと楽しい思い出が欲しいよ」

俺は複雑な気持ちを抱えながら、彼女を抱き締めることしかできなかった。


土曜はあれからまたバナナパフェを食べ、楽しそうにケラケラ笑う彼女と一緒に帰宅した。

あんな悲しい話をしたあととは思えない瞳子の強さにあっぱれだ。

日曜ももちろん一緒。

塾を休むと言ったのに瞳子がどうしても許してくれず、終わってからおいしそうと言っていたいちごタルトを食べにいった。

そして再び学校が始まった。

「ね、ここわかんないの。教えて」

休み時間、俺に化学の問題集を差し出して聞いてくる彼女の周りには、他の女子が数人。

瞳子には自然と友達が集まってくる。

それなのに、もうすぐいなくなるなんて。

そんなことを思い苦しくなったが、彼女の前では笑っていようと口角を上げた。

「これは、まずここところに着目して――」

説明を始めると、他の女子も熱心に聞いている。

もしかして瞳子自身は理解しているけど、わからない女子のために聞いているんじゃないだろうか。

だってこの問題、前にもやったし。

「わー、蓮見くんすごい。よくわかった」

「でしょー」

瞳子が友達に自慢げにそう返しているのがくすぐったい。

それにしても、もうすぐ命が尽きることを知っている彼女が、学ぶ姿勢を崩さないのには頭が下がる。

俺ならなにもかも放り出して、好きなことだけするだろう。

だけど瞳子が一番したかったのは、こんな普通の生活だったんだ。

その日の帰りも、もちろん瞳子とふたり。

いつも駅まで肩を並べて帰っていた裕司は最近は遠慮しているらしく、教室で「またな」と意味深な笑顔を浮かべて離れていく。

「涼くん、クマできてるよ。勉強のしすぎ？」

ニッコリ微笑み俺の顔を覗き込む瞳子は、さりげなく腕をつかんでくる。最初は照れくさくてたまらなかったけど、今はこうして触れていると安心する。

「うん、まあ……」

「また嘘ついちゃって。どうにもならないことを一晩中考えるなんて無駄だよ」

彼女がどうしたら生きていられるのかずっと考えていて眠れなかったことがバレてるのか。

「すごく大切なことだろ。なによりも優先して考えるべきことだ」

『無駄』なんてさらりと言う彼女に少し腹が立ち、強めの口調になる。

すると瞳子の顔から笑みが消え、彼女は足を止めた。

「あっ、ごめん。俺、怒る気なんてなか――」

「好き」

「はっ……」

突然どうした？

「私を『大切』と言ってくれる涼くんが、好き」

恥ずかしがる様子もなくもう一度口にする彼女は、どうやら茶化しているわけでもなさそうだ。いつになく真剣な表情だから。

「お、俺も好きだし」

「ちょっ、今なんて言った？」

そんなに大きな声を出すな。注目されるだろ！

「もう言わない」

「えー。青春って感じなのに」

どんな落胆の仕方なんだ。

だけど、彼女の満面の笑みを見られて大満足かも。

それに、今のうちにありったけの気持ちを伝えておきたい。

いや、違う。まだあきらめてないぞ。

俺のスマホの履歴には【心臓　ふたつ　分ける】とか【昏睡　目覚める】といったキーワードがびっしり並んでいる。

それだけに飽き足らず、俺の部屋の机には、父さんの書斎からこっそり持ち出した医学書が積んである。

必死にページをめくり、昏睡から目覚めた例は見つけたものの、多臓器不全に陥っている瞳子を救う手立ては見つけられなかった。

だけど、そもそも学校に来ている瞳子の存在が常識からはずれているんだ。奇跡は起こせる。父さんたち医者だって、彼女の生命力に驚いているくらいなんだから。

俺はそう信じてる。

「今日、塾は休むよ」

「ダメだって言ってるじゃない。ね、今日はコンビニでチキン食べようよ。そんな気分」

彼女が笑顔で俺の手を引くので、ふたりで電車に乗り込みいつものコンビニへ向かった。


そして数時間後。塾の授業が終わったら、病院へ一目散《いちもくさん》。

面会時間が終わっているのでこっそり裏階段から上がり、瞳子の病室に滑り込む。

するとすぐに彼女は姿を現した。

「おかえり」

「ただいま」

そう言いながらベッドの横へ歩み寄り、眠っている彼女の手を握る。

だけど話をしているのは別の瞳子なのがいまだに不思議。

「しっかり勉強してきた？」

「うん。あと先生と話して、教育学部をいくつかチョイスしてきた。その中から授業内容とかを調べて志望校を絞るつもり」

俺は教師になる夢に着々と進んでいる一方で、瞳子の目前には死が迫っている。

「そっかぁ。頑張ってね。応援してるから」

彼女が笑顔なのがかえってつらい。

どうして俺だけなんだと責めてくれればいいのに。

「……どうしても見つからないんだ」

「なにが？」

「瞳子を救う方法」

じっと彼女の目を見つめてそう口にすると、目を見開いている。

「探してくれてるの？　ありがとう。でもこれは寿命なの」

横たわる自分の姿を冷静に見つめる瞳子は、どんな気持ちなんだろう。

「俺にはなんでも言って。強がらないで」

「……うん」

その瞬間、瞳子の頬にひと筋の涙がこぼれていく。

胸が苦しい。引き裂かれそうなほどに、痛い。

「もっと涼くんと一緒にいたかった。たくさんデートをして、いつか結婚して……。

私は花屋になって、先生になった涼くんが学校から帰ってくるのを待ってるの。時々
困った生徒の悩みなんかを打ち明けられて、一緒に考えたり……」

そこまで言った彼女は手の甲《こう》で涙を拭う。

そうできればよかった。

結婚なんて考えたこともなかったけれど、もしこのまま瞳子が生きていられれば、きっとそうなる。

だって、俺は瞳子から離れたくないからだ。

「瞳子。好きだよ」

あんなに恥ずかしかったのに、もう一度伝えたくなった。

「涼くん……」

「ずっと好きだ。瞳子になにがあっても」

「うん」

顔をくしゃくしゃにしてしゃくり始めた彼女に驚く。

どれだけつらい発言をしていても、彼女がこれほど泣いたことなんてなかったから。

そして、ベッドに横たわる彼女の目尻からも涙がこぼれたのを見つけた。

俺はたまらなくなり、その涙を拭ったあと彼女の髪を何度も撫でる。そして、寝たきりで細くなってしまった肩に手を置いて顔を近づけ、唇を重ねた。

「涼、くん……」

「ごめん。我慢できなかった」

キスなんて恥ずかしくて絶対にできないと思っていたのに、したくてたまらなかった。止められなかった。

「ごめん。こんな寝たきりの私に……。あはっ、唇ガサガサだよね」

瞳子はおどけた調子でそう口にするけれど、声が震えている。

そして肩を震わせまた泣き始めたので、今度は目の前に立っている瞳子に手を伸ばして抱き寄せた。

「どうして謝るの？　俺がしたくてしたのに」

「だって、私の夢を叶えようとしてくれたんでしょ？」

彼氏とキスをするのも彼女の夢のひとつだったと聞いたことはある。

だけどそれだからじゃないんだよ。瞳子が愛おしくて、気持ちを止められなくなったんだ。

「俺はそんなお人好《ひとよ》しじゃないよ。瞳子とキスしたかった。大好き、だから」

「涼くん……」

それからどれくらい泣いていただろう。彼女には珍しく人目をはばからずという感じで泣き続け、廊下に聞こえてしまわないか心配しなければならないほどだった。

やっと泣き止んだと瞳子と一緒に、壁を背もたれにしてふたりで床に座り込んだ。

手を握ったまままくっついて。

片時も離れたくない。ずっとこうしていたい。

〝彼女〟という存在を考えたことがなかった俺に、こんなに大切な人ができた。それなのに、彼女はもうすぐいなくなる。

そんな現実、受け止められない。

瞳子は俺の肩に頭をのせ、呆然としていた。

静かに繰り返される彼女の呼吸音と、病室に響き渡るモニターの音がシンクロして、妙な気持ちになる。

俺に寄りかかっている瞳子はベッドの上の彼女とは別なのに、その呼吸のタイミングが同じだと気づいてしまったからなのかもしれない。


その次の日も、そのまた次の日も、瞳子は明るかった。

友達と笑い転げ、もうしなくたってかまわない勉強にも励み、学校生活を思う存分満喫している様子だった。

ただ、ふたりでいるときは、ちょっと甘えてくれるようになった。

不安なのか「手を握ってほしい」とか「抱き締めてほしい」とか漏らすようになったのだ。


そして、三月二十五日——。

無事二年生を終了して塾三昧《ざんまい》のはずだったが、その日は朝から彼女と一緒にいた。

瞳子の希望でふわふわのパンケーキを食べたり、花屋にも行ったりした。そして小さなブーケをプレゼントすると、大げさなほどに喜んでくれた。

だけど俺の気持ちは塞《ふさ》ぎっぱなしだった。明日が最後の日なんて信じられない。

町の中心を悠然《ゆうぜん》と流れる川の土手に俺を引っ張った瞳子は、真っ直ぐに大きな木を目指した。

「桜が咲いてる……」

それは俺がいつも塾に行く前に息抜きにやってきて見上げていた桜の木だった。

もう鮮やかに花を咲かせていて、ときおり吹く春風にあおられた淡いピンクの花びらが空を舞う。

「きれいに咲いてるね。この木、病室の窓から見えるんだよ」

瞳子は少し冷たい手で俺の手を握り、その木の下に陣取る。

「こうして下から見るの初めて。すごくきれい。花びらの隙間から空が見えるよ」

彼女は笑みを浮かべながら空を見上げているけれど、俺は瞳子の顔ばかり見ていた。

とうとう、彼女を助けるための手立てはなにも見つからなかった。

「瞳子」

「ん？　あれ、顔が怖いよ。私は笑顔の涼くんが好きなんだから、元気出して」

これから死にゆく人間が言うセリフかよ。

「そんなこと言ったって……」

「私、もういっぱい泣いたから、最後は笑って旅立ちたいの。涼くんが泣かせてくれたから、なんだかすっきりしてる」

たしかにここ数日は、気がつけば涙をこぼしているようなこともあり、そのたびに抱き締めていた。

瞳子も強いわけじゃなく、ごく普通の女の子なんだってよくわかった。

「でも、最後に甘えちゃおう」

彼女はそう言うと、俺の胸に飛び込んできてしがみつく。

「最後なんてイヤだ。絶対に」

彼女の耳元でつぶやいたけど返事はない。ただ俺の背中に回った手に力がこもるのがわかる。

「瞳子。ずっと俺のそばにいてくれよ。俺、もう瞳子がいない生活なんて考えられない」

ゆっくり体を離すと今まで笑っていたはずの彼女の瞳が潤んでいて、たまらなく切ない気持ちになる。胸が引き裂かれそうだ。

「涼くん……」

「瞳子。好き、なんだ」

俺はありったけの気持ちをその言葉にのせて彼女にささやいたあと、そっと唇を重ねた。

「私、すごく幸せ」

泣きそうなくせに口角を上げる彼女は、もう一度俺にしがみついてくる。

それからなにも言わなくなった彼女を抱き締めながら、頭の中でひとつの想いがグルグル回っていた。

彼女は『幸せ』と言ったけど、そんなの強がりだ。もっと青春を楽しみ、生きていたいに決まってる。

父さんの命令にあらがうことなく不貞腐《ふてくさ》れて、死んでもいいなんてうそぶいていた俺と、花屋になりたいと夢を持ち続けている瞳子。

世の中はどちらを歓迎する？

どちらの人生に価値がある？

「……瞳子。俺の心臓、持っていって」

「え……」

彼女は俺から離れ、じっと見つめてくる。

「これ、瞳子にあげる。死にたいなんて思った罰だ。そのかわり、瞳子は生きて――」

「イヤっ！」

声を荒らげる彼女は眉根を寄せ、険しい顔。

「誰だって、死んじゃいたいって思うことの一度や二度あるもんだよ。それに罰なんて与えてたら、みんな死んじゃう」

「けど、あの日瞳子が降ってこなければ、俺はもうこの世にいなかったかもしれない」

俺の命をつなぎとめたのは瞳子なんだ。思いがけず楽しい時間を与えられたのだから、もう十分じゃないか。

彼女のためにこの心臓を差し出すべきだ。

そう自分に言い聞かせてはみるものの、本当は怖くて体が震えている。

初めて彼女の恐怖と苦しみがわかった気がした。

「でも涼くんは生きてるでしょ。小学校の先生になるんでしょ？」

訴えるように言う瞳子を見ていると、胸が痛い。

この心臓を持っていけば自分は生きられるんだぞ？

そうしてほしい。できれば痛みを感じる隙もないくらい一瞬で。

「瞳子だって、花屋になるんだろ？」

「なによ、それ。先生になる自信がないから言ってるの？」

自信が、ない？

俺は絶対に大学に合格してみせるし、採用試験だってパスしてみせる。南条先生みたいに子供たちの心の叫びに気づける教師に……。

待て。ぜんぜん死ぬ覚悟なんてないじゃないか。

それに気づきハッとすると、彼女は再び口を開く。

「バカだね、涼くん。残されたほうがつらいんだから、絶対に代わってあげない」

「瞳子……」

「涼くんはどうしようもないお人好しだよ。もう二度と死にたいなんて言わないでね」

俺は結局、なにひとつとして彼女の役に立てないのか。

唇を噛み締めていると、彼女は柔らかな笑みを見せる。

「ひとつだけ、お願いしていい？」

「なんでも言って」

「私、空に旅立つ前にみんなの記憶を消そうと思ってる」

「そんな……」

瞳子を忘れるなんて、絶対にイヤだ。

「これで、あの日の前の状態に戻る。敬明大附属には梶川瞳子という生徒はいないの」

「無理だ。そんなの絶対に無理。忘れたくない」

彼女の腕をつかみ強く願う。

「……うん。あのね、お願いっていうのは、涼くんの記憶の中にだけ生きていたいってことなの。これは私のわがままで、もしかしたら全部消しちゃったほうが涼くんのために——」

「忘れられるか！　もし瞳子が俺の記憶を消そうとしても、抵抗してやる」

興奮気味に伝えると、彼女はとてもうれしそうに微笑み、もう一度俺にしがみついてくる。

それから俺たちは、抱き合いながらただ桜の花びらが空に舞う様子を黙って見ていた。

こんなときにどんな会話をしたらいいのかわからない。出てくる言葉すべてが陳腐《ちんぷ》に思えて、なにも言えない。

時間がないのはわかっている。だけど、こうして彼女と触れ合っていることより大切なことなんて思いつかない。

とうとう西の空を真っ赤に染めていた太陽が、完全に沈んでしまった。

もう明日まであと数時間しかないと絶望に襲われていると、ようやく彼女が口を開いた。

「ずっとこうしてたかったな」

「俺だって。お願いだよ、逝かないで。ずっと一緒にいたいんだ」

どうしてこんなささやかな願いが届かないんだろう。

ただ手を握りあい、息をしているだけで十分なのに。

「無理だよ。この命は明日旅立つと決まってるの」

「瞳子がいなくなるなんて耐えられるわけがない。やっぱりこれを持っていって。瞳子が生きて」

自分の胸をトンと叩き訴えると、彼女は俺から離れて悲しげに微笑む。

「そんなに、死にたい？」

「えっ……。いや、瞳子が死ぬくらいなら……」

俺だって死ぬのは怖い。だけど、瞳子を失うのもそれと同じくらい怖いんだ。

「それじゃあ、遠慮なくもらうね。苦しいし痛くてもがき苦しむかもしれないけど我慢して」

狂気に満ちた言葉を吐く彼女は、俺の目をじっと見つめたあとなぜか優しい笑みを見せる。

そして桜の木を見上げて、「満開に、なるね」とつぶやいた。

「と、瞳子……」

それからキリリとした顔つきになった彼女は、俺の心臓をめがけて手を伸ばしてくる。

『苦しいし痛くてもがき苦しむかもしれない』という彼女の言葉が頭をよぎり、体が震えて歯がカチカチと音を立て始める。

瞳子が死ぬくらいなら俺が死ぬ。

そう強く願ったはずなのに、腰が抜けて動くことすらできない。

「それじゃ、いくね」

「はっ！」

そして俺は意識を失った。

それが、俺が聞いた彼女の最後の声だった。


——俺から心臓を奪ったはずの瞳子は、桜の花びらを手のひらにのせて微笑んでいる。生きられる喜びで満たされているのだろうか。

それほど痛くもなかったし、苦しくもなかったな。

そんなことを思いながら彼女を見つめていると、視線が交わりドキッとした。

「涼くん」

そして俺に話しかけてくる。

あれ、死んだはずなのに体が動く？　どういうこと？

あぁ、そうか。これは夢だ。きっと生と死の狭間《はざま》で夢を見ているんだ。

「涼くんったら、最後まで優しくて困っちゃう。自分の命を差し出してまで私のことを生かそうとするなんて……。そんな人に出会えたことを、神様に感謝しなくちゃいけなくなったじゃない。私のことを病気にした神様をずっと恨んでたのにね」

彼女はクスッと笑みを漏らす。

「………」

〝瞳子〟と話しかけたつもりなのに声が出ない。死んだから、か……。

「涼くん。私が今までの弱い涼くんを殺したから、もううしろは振り返らなくていい。自分の意見を主張できなかった涼くんは、もう死んだの。だから前だけ見て生きていけばいい」

生きて？

「私のことでメソメソしちゃダメだからね。ふふ。でもちょっとくらい泣くのは許してあげる。ぜんぜん泣かれないのもなんかショックだし」

なにを言ってるんだ？

状況が把握《はあく》できなくてもどかしいのに、声が出せないので尋ねることもできず、首を傾げるばかり。

「もう迷わないで。自分の信念を貫いて。もう強い涼くんしかいないんだよ。ね？」

瞳子の瞳が揺れていて動揺してしまう。

別れのときが迫っていると感じたからだ。

「私、みんなの記憶からは消えるけど、どうか涼くんは覚えていて。涼くんのところにいつか戻ってくるから」

そうつぶやいた瞬間、彼女の頬に透明の液体が伝った。

「あーぁ。笑ってお別れしたかったのに、涼くんが優しいから悪いんだよ。私ね、すごく楽しかった。短い間だったけど、最高に。花屋の目標は次に取っておくね。……涼くんの心臓を見つけてよかった。それじゃあね」

泣きながら笑う瞳子は、満開の桜の花に触れるかのように右手を真っ直ぐに空に上げる。すると、強い光が空から降ってきて彼女の体が浮き上がった。

〝待って。行くな！〟

そう叫んでいるのに声が出ない。

これじゃあまるで、瞳子のほうが旅立つみたいじゃないか。

〝瞳子！〟

心の中でそう叫んだ瞬間、光に包まれた瞳子の姿がふと消えてしまった。

「どうして……」

俺は目覚めてしまった。

顔に降ってきた桜の花びらを払い起き上がると、もう空には無数の星がまたたいている。

「瞳子?」

辺りには誰もいない。

瞳子はどこだ?

「まさか……」

イヤな予感がしてポケットからスマホを取り出し時間を確認すると、0時を回っている。

三月二十六日。桜が満開になる日を迎えたんだ。

「ふざけんな。瞳子、瞳子……」

俺は立ち上がり、蓮見総合病院へと走る。

瞳子は俺の心臓を奪うふりをしたんだ。そうして自分が逝くことにしたに違いない。

俺は情けないことに気絶《きぜつ》してしまい、あの夢を見たんだ。

「瞳子、逝くな。逝かないでくれ」

叫びながら走り続けるも、気持ちばかり焦り足がもつれて転んでしまう。

派手に転んだせいでジーンズの下の膝《ひざ》がひりひりするが、そんなことはかまってられない。またすぐに立ち上がり、ひたすら病院を目指した。

病棟の五階に走り込むと、夜勤の看護師が目を丸くしている。

「ちょっ……勝手に……。待って！」

呼び止められても止まれない。

緊急事態なんだ。

静まり返っている病棟は、瞳子の異変に気がついていないことを示していた。

いや、異変なんて起こってない？

一縷《いちる》の望みを抱きつつ、彼女の病室のドアを開けた。

するとその瞬間、モニターの異常を示すアラームがけたたましく鳴り始め、俺を止めようとあとを追ってきた看護師が慌てている。

「看護師さん、先生を！　……瞳子が逝っちまう」

俺は瞳子の横に駆け寄り、手を取る。

「なんでだよ。俺の心臓をやるって言ったじゃないか」

『それじゃ、いくね』と言われた瞬間、気を失った俺が言えることじゃないかもしれない。でも、言いたかった。

「どいてください」

看護師に促されたものの、瞳子の手を離せなかった。

だっておそらくこのまま逝ってしまうから。

それからバタバタと医師が走り込んできて、俺は強制的に彼女から離された。

「瞳子！」

結局俺はなにもしてやれなかった。彼女に楽しい思い出と未来の希望をもらっただけ。

「呼吸停止！」

医師が大声で叫び処置を始める。

俺はその様子を呆然と見つめながら、あふれる涙を何度も拭った。

まさか0時を回ったらすぐだったなんて、聞いてないよ！

しばらく様々な処置が続いたあと、ついに医師が臨終《りんじゅう》を告げた。

「瞳子……」

「親族の方ですか？」

「いえ。彼女とお付き合いをしていました」

我慢できず嗚咽を漏らしながらそう告げる。

彼女の家族は先ほど電話で呼び出していたようだけど、間に合わなかった。

俺はそれからしばらく、看護師が彼女の体から点滴やモニターを外していくのを放心したまま見ていた。

すべての管が外されて看護師がいったん病室から出たとき、瞳子に話しかけた。

「瞳子。よく頑張ったね」

本当は『どうして逝くんだ！』と叫びたい。

だけど、自分の寿命を受け入れ、立派すぎる最期を迎えた彼女を褒めたたえるべきだと感じた。

『私のことでメソメソしちゃダメだからね。ふふ。でもちょっとくらい泣くのは許してあげる』

あれは夢じゃなかったんだと思う。おそらく彼女が俺の心と交信《こうしん》してくれたんだ。

「……なぁ瞳子。今日は許して」

涙をこらえることもせず、最期はスーッと眠りについた彼女の顔を見つめながら、一番伝えたいことを思いついた。

「瞳子。大好きだよ。ずっと待ってる」

そして、まだ温かい彼女の唇にキスを落とした。

しばらくして家族が駆けつけ、俺はいったん病室の外に出た。

それから一時間。廊下で立ち尽くしていた俺のところに、瞳子のお父さんが来てくれた。

「あなたが看取《みと》ってくださったと聞きました。失礼ですが、瞳子とは……」

目を真っ赤にしながら気丈《きじょう》に振る舞うお父さんが痛々しい。だけどそれだけ瞳子が愛されていたんだとわかり、胸が熱くなる。

「僕は彼女とお付き合いさせていただいていました。ご挨拶もせず、すみません」

瞳子が死んでしまってから挨拶なんて。悲しすぎる。

「付き合い？　瞳子はずっと入院してたのに」

「……はい」

どう説明したらいいのかわからず、いったんは口をつぐむ。

「桜が満開の日に彼女と出会い、好きになりました。瞳子さんと一緒にいられた時間は短かったですけど……幸せでした」

本当は空から降ってきた瞳子のことをそんなふうに話した。

瞳子が心臓を手放そうとしていた俺に気づいたことを話したところで、信じてもらえるわけがない。それなら、あの美しい桜の木の下で出会ったことにしようと。

「そう、だったんですか。瞳子は桜が満開になると外出許可をもらっていましたから、そのときでしょうか。今年は見ることも叶わず……」

口元を押さえ嗚咽を漏らし始めたお父さんに、俺は首を振る。

「ちゃんと見てから逝きました。満開の桜の木に吸い込まれるように」

まさにあのときの光景はそうだった。桜の木と一体化し、吸い込まれていった。

瞳子にあまり泣くなと言われているのに、涙が止まらない。

「ありがとうございます。あなたに幸せと言ってもらえて、瞳子も喜んでいると思います。普通の子のように楽しい経験もさせてやれなかった。それなのに……」

お父さんは両手で顔を覆い泣き始める。

俺が励まさなければ。きっと瞳子はそう望んでいる。

「瞳子さんは、よく植物園の話をしてくれました。家族で食べたというパフェの話も。自由に駆け回れる体はなかったかもしれません。でもお父さんとお母さんと過ごした時間はとても大切に思っていたはずです」

「瞳子がそんなことを……」

小刻みに体を震わせるお父さんを見ていると、再び涙があふれ出る。

瞳子。さすがに笑顔は難しいよ。

「今、看護師さんが体をきれいにしてくれています。終わったら会ってやってください。瞳子に好きな人がいたとは……。よかった」

吐き出すようにそう口にしたお父さんは、深く頭を下げ病室に戻っていった。

瞳子の棺《ひつぎ》は、彼女の希望通りスイートピーでいっぱいにしてもらった。そして祭壇《さいだん》も。

「瞳子はどうしてスイートピーなんて……」

安らかに眠る瞳子の前でそう漏らすお母さんに俺は口を開いた。

「スイートピーには門出という意味があるそうです。瞳子さんはきっと新しい世界に旅立ったんです。心配しないでと言っているんじゃないでしょうか」

〝別離〟の意味があることは黙っておいた。

「そう……。蓮見さん、本当にありがとう。あなたがいなければ瞳子の最後の希望を叶えてあげられなかった」

白いハンカチで目頭を押さえるお母さんになにも言えない。

父さんたち医師も家族も、瞳子にできることはすべてしたんだと思う。それでも命をつなぎ止められず、みんなが自分の無力さに脱力している。

だけど彼女は、きっと感謝している。

「最後のお別れです」

彼女の棺が葬儀《そうぎ》場を出ていくときは、必死にこらえていた涙を抑えることなんてできなかった。

「瞳子……」

穏やかに眠る彼女を見つめ、声をかける。

「大好きだよ」

そして俺は用意してきたラベンダーの花束を棺の上に置いた。

両親から譲り受けた彼女の図鑑で、ラベンダーの花言葉が〝あなたを待っています〟だと知ったからだ。

『涼くんのところにいつか戻ってくる』と言い残して逝ってしまった瞳子。

約束だぞ。俺はずっと待ってる。

「瞳子、瞳子！」

それから俺は、とうとう手の届かないところに行ってしまった彼女の名を叫び、泣き続けた。

新たな門出

瞳子が旅立ってから五年経った。

彼女が弱い俺を殺してくれたおかげで、それからは自分の信念を貫き、無事に教員採用試験にも合格した。

初めて赴任《ふにん》する学校で、俺は三年生のクラスを受け持つことになっている。

父さんは俺の選んだ道にとうとう賛成してくれることはなかったが、俺が兄さんを超える成績をとってからは、教師になりたいという気持ちが本気だとわかってくれたらしい。賛成はせずとも、それから叱られることはなくなった。

俺も、生まれたときの話を母さんに聞き、父さんなりに俺に期待をしてくれていたんだとわかっているので、もう敵対意識はない。

そして、兄さんは蓮見総合病院を継ぐべく大学病院で研修中だ。

俺が医師の道を断ったことで唯一の跡取りとなってしまい、プレッシャーをかけて申し訳ないと思っていたのに、『お前の生き方、間違ってないんじゃない？　うらやましいよ』と肯定してくれた。

兄さんも、もしかしたら別に就きたい職業があったのかもしれない。

でも『医者の仕事、やりがいがあるぞ』と言っていたので、今は納得しているんだと思う。


そして迎えた始業式。

教壇に立った俺は、一年間一緒に過ごす三十四人を前に、ワクワクした気持ちを抑えられない。

「初めまして。今年一年、このクラスの担任をすることになりました、蓮見涼です。よろしく」

ちょっと緊張気味の子供たちを前に、簡単な挨拶からだ。

そして、仲良くなるために、もう少しくわしい自己紹介を始める。

「先生は、植物が好きです。だからこのクラスで花壇を作るよ」

俺が植物に興味を持ち始めたのは、まぎれもなく瞳子の影響。

「えー、水やり面倒だし」

途端にブーイングが起こったものの、一部の児童が目を輝かせているのがわかり、ちょっとテンションが上がる。

瞳子と同じように、花を愛する子がいるんだろう。

「えーっと、みんなのことを知りたいから、自己紹介してほしいな。名前と好きなことか得意なこと。あとは先生に言いたいことや聞きたいことをどうぞ」

俺はそれを聞きながらひとりずつメモを取っていく。

話すのが得意でない子もいれば、いちいち茶々を入れる子も。それぞれ個性がさく裂していて面白い。

南条先生のようにこの子たちを守れる大人になろう。そう決意している。

「――次は、斎藤《さいとう》さん」

俺は花壇を作る話をしたとき、ひときわうれしそうな顔をした女の子をさした。

「斎藤尚美《なおみ》です。私もお花が好きなので、先生とどっちがよく知っているか競争したいなぁ」

「いいね、それ」

彼女が瞳子と同じように植物図鑑を手にしていることに気づいて心躍《おど》る。

「将来は花屋さんになりたいです。でも、お父さんがダメだって。大学に行って大きい会社で働きなさいって言うの」

瞳子と同じ夢を持っている彼女に頬を緩めたが、そのあとの話にハッとする。

俺と同じじゃないか。

「斎藤さん。花屋さんになりたいならそのまま突き進むといいよ。お父さんは先生が絶対に説得するから」

「ホント?」

ぱあっと表情を明るくする彼女は、きつく反対されててるのかもしれない。俺が医学部進学を強制されていたように。

「うん。先生も先生になることをお父さんに反対されてたんだけど、弱い先生を封印《ふういん》してくれた人がいて」

「封印って!」

瞳子が弱い俺を殺してくれたから、迷うことなくこうしてここに立てている。

ケラケラ笑いが起こったが続けた。

「ずっとなりたかった先生になれました。だから斎藤さんも大丈夫。夢は捨てないで。先生が手伝うから」

「うん!」

彼女のキラキラした表情がうれしい。

「先生、誕生花知ってますか?　教えてあげるよ」

次に彼女がそう言うので、目が大きくなる。

「ありがとう。でも知ってるんだ。マツユキ草なんだよ」

「なーんだ。知ってるんだ」

肩を落とす斎藤さんに笑顔を向ける。

「うん。それに花言葉も。マツユキ草は希望の花なんだ」

マツユキ草は死の象徴なんかじゃない。希望の花だったよ。

俺は心の中で天国の瞳子に語りかけた。

「すごい。くわしいね、先生」

「だろー」

瞳子。俺は子供たちの笑顔をずっと守ってみせるよ。

だって瞳子が教えてくれたんだ。自分の人生は自分で選択してもいいんだって。

俺は、ここにいる全員を幸せにしたい。


その日の帰り、駅前の花屋の前でふと足を止めた。

今日はスイートピーを買って帰ろう。

花言葉が〝門出〟のスイートピーは、新たな環境を歩き始めた今日にふさわしい。

「いらっしゃいませ」

花のあふれる小さな店に足を踏み入れると、手入れをしていた女性店員が振り向いた。

「あっ……」

小さな声が出たのは、目の前にいるのが……。

「本日は、どんなお花をご希望ですか？」

ちょっと首を傾げて優しい笑みを見せたのが、瞳子そっくりな女性だったからだ。

「あっ、えっと……スイートピーが欲しくて」

「スイートピーですね。ご就職ですか？」

「えっ？」

どうしてわかったんだ？

「すみません。スイートピーの花言葉が〝門出〟なので、勝手にそう……」

やっぱり、瞳子？

「その通りです。今日から教師になりました」

声が大きくなるのを止められない。

「先生なんですね！　素敵なご職業ですね」

目尻を下げて白い歯を見せる彼女は、俺に気づいてはいないように見える。彼女が戻ってきたなんて、期待しすぎだろうか。

瞳子とこんな形で再会するなんて、普通ならあり得ない。

だけど、俺たちはあり得ない経験をたくさんしてきたんだ。今さらなにがあっても驚かない。

「ありがとうございます。僕に教師になるように勧めてくれた人がいて、夢を叶えることができました」

「あっ……」

俺の話を聞いた彼女は、小さな声を漏らして目を真ん丸に見開く。

「なにか？」

「あの……。失礼ですが、どこかでお会いしたことはありませんか？」

不思議そうに俺を見つめる彼女の発言に、喜びが広がっていく。

「桜の木の下で、あなたとお会いしたかもしれません」

次の瞬間、彼女の大きな目がみるみるうちに潤んできて俺も胸がいっぱいになる。

「私、桜の木の下で大切な約束をした気がして……」

「僕と、でしょうか？」

俺の問いかけに、彼女ははにかみながらうなずいた。


瞳子。俺は君が示してくれた道を輝かせてみせるよ。

あの桜の木の下で、君と約束したから——。

END

あとがき

瞳子と涼のちょっと不思議なお話にお付き合いくださいましてありがとうございました。苦しみ抜いたふたりですが、苦しんだ分だけ幸せが訪れるといいなと思います。

この作品を書きながら、たくさんのことを考えていました。

誰しも挫折のひとつやふたつありますよね。涼のようにいなくなってしまいたいと考えるほどの経験をしたことがある方もいらっしゃるでしょう。実は私もそういう時期がありましたが、「本当にやれることはやりつくしたの？」と問いかけてくれた人がいて、ハッと我にかえりました。

涼は瞳子の励ましで父に真正面からぶつかっていましたが、そんなことができなくても、ただ逃げるというのもひとつの選択です。そして、それを情けないと思う必要はありません。立派に死という選択を回避したのですから。

学校でいじめにあっている人。社会にうまくなじめない人。家族ともめている人。など、他にもいろんな困難に苦しんでいる人がいらっしゃると思います。でも、今いる場所がすべてではありません。ちょっと違う方向に目を向けてみたら、自分の居場所が見つかるかもしれない。

作中でも書いていますが、人生は選択の繰り返し。ひとつうまくいかなくても別の道があります。特に若いうちはその道が選び放題！

人生経験が少ない学生さんたちの中には、〝こうあるべきだ〟という大人の勝手な言い分を正しいと思い込み、提示された道からはずれると、自分は欠陥人間だと苦しみ始める人がいますが、ぜんぜんそんなことはないです。

価値観があまりに違う人と話しても、いっこうに理解し合えないことはよくあります。でも、どちらが悪いとかいう問題ではなく、〝合わない〟だけ。それが身近な人だとたしかにしんどいですが、そういう考え方をする人もいるんだ。くらいにとどめておいて、価値観が似ている人と楽しく生きていけるといいですね。私はそう心がけています。

最後になりましたが、この作品を出版するにあたり力を貸してくださいました皆さま。この物語に表紙をつけてくださいましたhikoさま。そして、この本をお手にとってくださいました皆さま。ありがとうございました。

二〇一九年三月　朝比奈希夜《あさひなきよ》

この物語はフィクションです。実在の人物、団体等とは一切関係がありません。

朝比奈希夜先生へのファンレターのあて先
〒104-0031　東京都中央区京橋1-3-1　八重洲口大栄ビル7F
スターツ出版(株) 書籍編集部 気付
朝比奈希夜先生

桜の木の下で、君と最後の恋をする

2019年3月28日　初版第1刷発行

著　者　　朝比奈希夜　

発 行 人　松島滋
デザイン　西村弘美
D T P　久保田祐子
編　集　中尾友子
　　　　中澤夕美恵
発 行 所　スターツ出版株式会社
〒104-0031
東京都中央区京橋1-3-1　八重洲口大栄ビル7F
出版マーケティンググループ　TEL 03-6202-0386
(ご注文等に関するお問い合わせ)
URL　https://starts-pub.jp/
印 刷 所　大日本印刷株式会社

Printed in Japan

ISBN　978-4-8137-0652-6　C0193

スターツ出版文庫　好評発売中!!

『君がいない世界は、すべての空をなくすから。』和泉《いずみ》あや・著

母子家庭で育つ高2の凛。心のよりどころは、幼少期を過ごした予渼ノ島《よみのじま》で、初恋相手のナギと交換した、勾玉のお守りだった。ナギに会いたい──。冬休み、凛は意を決して島へ向かうと、いつも一緒に居た神社に彼は佇んでいた。「凛、おかえり」小さく笑うナギ。数カ月前、不慮の事故に遭った彼は、その記憶も余命もわずかになっていて…。「ナギ、お願い、生きていて！」愛する彼のため、絶望の淵から凛が取った行動とは？　圧巻のラストに胸打たれ、一生分の涙！

ISBN978-4-8137-0635-9 ／ 定価：本体570円＋税

『きっと夢で終わらない』大椛馨都《おおなぎけいと》・著

友人や家族に裏切られ、すべてに嫌気がさした高３の杏那。線路に身を投げ出そうとした彼女を寸前で救ったのは、卒業したはずの弘海。３つ年上の彼は、教育実習で母校に戻ってきたのだ。なにかと気遣ってくれる彼に、次第に杏那の心は解かれ、恋心を抱くように。けれど、ふたりの距離が近づくにつれ、弘海の瞳は哀しげに揺れて……。物語が進むにつれ明らかになる衝撃の真実。弘海の表情が意味するものとは──。揺るぎない愛が繋ぐ奇跡に、感涙必至！

ISBN978-4-8137-0633-5 ／ 定価：本体560円＋税

『誰かのための物語』涼木玄樹《すずきげんき》・著

「私の絵本に、絵を描いてくれない？」──人付き合いも苦手、サッカー部では万年補欠。そんな立樹の冴えない日々は、転校生・華乃からの提案で一変する。華乃が文章を書いて、立樹が絵を描く。突然始まった共同作業。次第に立樹は、忘れていたなにかを取り戻すような不思議な感覚を覚え始める。そこには、ふたりをつなぐ、驚きの秘密が隠されていて……。大切な人のために、懸命に生きる立樹と華乃。そしてラスト、ふたりに訪れる奇跡は、一生忘れられない！

ISBN978-4-8137-0634-2 ／ 定価：本体590円＋税

『京都祇園　神さま双子のおばんざい処』遠藤遼《えんどうりょう》・著

京料理人を志す鹿池咲衣は、東京の実家の定食屋を飛び出して、京都で料理店の採用試験を受けるも、あえなく撃沈。しかも大事なお財布まで落とすなんて…まさに人生どん底とはこのこと。だがそんな中、救いの手を差し伸べたのは、なんと、祇園でおばんざい処を切り盛りする、美しき双子の神さまだったからさあ大変!?　ここからが咲衣の人生修行が開幕し──。やることなすことすべてが戸惑いの連続。だけど、神さまたちとの日々を健気に生きる咲衣が掴んだものとはいったい!?

ISBN978-4-8137-0636-6 ／ 定価：本体590円＋税

スターツ出版文庫　好評発売中!!

『きみを探した茜色の8分間』　涙鳴《るいな》・著

私はどこに行くんだろう——高２の千花は学校や家庭で自分を出せず揺れ動く日々を送る。ある日、下校電車で蛍と名乗る男子高生と出会い、以来ふたりは心の奥の悩みを伝えあうように。毎日４時16分から始まる、たった８分、ふたりだけの時間——。見失った自分らしさを少しずつ取り戻す千花は、この時間が永遠に続いてほしいと願う。しかしなぜか蛍は、忽然と千花の前から姿を消してしまう。「蛍に、もう１度会いたい」。つのる思いの果てに知る、蛍の秘密とは？驚きのラストシーンに、温かな涙！

ISBN978-4-8137-0609-0 ／ 定価：本体560円＋税

『昼休みが終わる前に。』　髙橋恵美《たかはしえみ》・著

修学旅行当日、クラスメイトを乗せたバスは事故に遭い、全員の命が奪われた。ただひとり、高熱で欠席した凛々子を除いて——。5年後、彼女の元に校舎の取り壊しを知らせる電話が。思い出の教室に行くと、なんと5年前の修学旅行前の世界にタイムリープする。どうやら、1日1回だけ当時に戻れるらしい。修学旅行までの9日間、事故を未然に防いで過去を変えようと奮闘する凛々子。そして迎えた最終日、彼女を待つ衝撃の結末とは⁉ 「第３回スターツ出版文庫大賞」優秀賞受賞作！

ISBN978-4-8137-0608-3 ／ 定価：本体570円＋税

『秘密の神田堂　本の神様、お直しします。』　日野祐希《ひのゆうき》・著

『神田堂を頼みます』——大好きな祖母が亡くなり悲しむ菜乃華に託された遺言書。そこには、ある店を継いでほしいという願いが綴られていた。遺志を継ぐため店を訪ねた菜乃華の前に現れたのは、眉目秀麗な美青年・瑞葉と……喋るサル⁉　さらに、自分にはある“特別な力”があると知り、菜乃華の頭は爆発寸前‼「おばあちゃん、私に一体なにを遺したの？」…　普通の女子高生だった菜乃華の、波乱万丈な日々が、今始まる。「小説家になろう×スターツ出版文庫大賞」ほっこり人情部門賞受賞作！

ISBN978-4-8137-0607-6 ／ 定価：本体570円＋税

『青い僕らは奇跡を抱きしめる』　木戸《きど》ここな・著

いじめに遭い、この世に生きづらさを感じている“僕”は、半ば自暴自棄な状態で交通事故に遭ってしまう。“人生終了”。そう思った時、脳裏を駆け巡ったのは不思議な走馬燈——“僕”にそっくりな少年・悠斗《ゆうと》と、気丈な少女・葉羽《はばね》の物語だった。徐々に心を通わせていくふたりに訪れるある試練。そして気になる“僕”の正体とは……。すべてが明らかになる時、史上最高の奇跡に、涙がとめどなく溢れ出す。第三回スターツ出版文庫大賞にて堂々の大賞受賞！圧倒的デビュー作！

ISBN978-4-8137-0610-6 ／ 定価：本体550円＋税

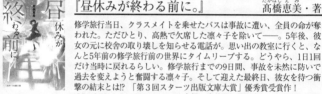